노인과 바다

The Old Man and the Sea

노인과 바다

어니스트 헤밍웨이

정지현 옮김

midnight
bookstore

그는 멕시코 만류가 흐르는 곳에서 조각배를 타고 홀로 물고기를 잡는 노인이었다. 물고기 한 마리 잡지 못한 지가 벌써 팔십 일하고도 나흘이 지났다. 처음 사십 일 동안은 소년이 노인과 함께 있었다. 하지만 사십 일이 되도록 한 마리도 잡지 못하자 소년의 부모는 이제 노인이 '살라오'가 된 것이 틀림없다고 말했다. 살라오는 스페인 말로 '지독하게 운 없는 사람'이라는 뜻이다. 그리하여 소년은 부모가 시키는 대로 다른 고기잡이배로 옮기게 되었는데, 그 배는 첫 주에 커다란 고기를 세 마리나 잡았다. 소년은 날마다 빈 배로 돌아오는 노인을 보고 마음이 아팠다. 그래서 노인이 돌아올 때마다 달려나가 사려놓은 낚싯줄이나 갈고리, 작살, 돛대에 말아놓은 돛을 나르는 일을 도와주었다. 노인의 돛은 밀가루 포대로 기워놓은 데다 돌돌 말려 있어 영원한 패배를 상징하는 깃발처럼 보였다.

노인의 몸은 마른 데다 수척하고 목덜미에는 깊은 주름이 잡혀 있었다. 그의 두 뺨에는 열대 바다에 작열하는 태양빛으로 생긴 거뭇거뭇한 검버섯이 피어 있었다. 이들 반점은 얼굴 양쪽 아래까지 번져 있었다. 두 손에는 큰 물고기가 걸린 낚싯줄을 다루다 생긴 상처가 깊이 패여 있었지만 새로 생긴 상처는 하나도 없었다. 물고기가 살지 않는 사막의 침식 지대처럼 전부 다 오래된 상처였다.

노인의 몸 곳곳은 하나같이 노쇠했다. 하지만 바다와 같은 색깔의 푸른 눈만은 생기가 넘쳐흐르고 의기양양했다.

소년은 힘지게 조각배를 끌어올려 놓은 뒤 둑으로 올라가면서 말했다.

"산티아고 할아버지, 이제 다시 할아버지랑 같이 바다로 나갈 수 있어요. 돈을 좀 벌었거든요."

노인은 소년에게 고기 잡는 법을 가르쳐주었고, 소년은 평소 노인을 무척 따르며 좋아했다.

"안 돼. 지금 네가 타는 배는 운이 좋은 것 같으니 계속 그 배를 타거라."

노인은 손사래를 치며 말했다.

"하지만 아시다시피 할아버지는 팔십칠 일 동안 한 마리도 잡지 못하셨다가 우리 둘이 나가서 삼 주 동안 매일 큼지막한 고기를 잡았잖아요."

"알다마다. 네가 내 실력을 의심해서 떠난 게 아니라는 사실도 안단다."

노인은 고개를 끄덕이며 말했다.

"할아버지와의 고기잡이를 그만두라고 한 건 아버지였어요. 전 아직 어리니까 아버지 말을 따라야만 하거든요."

"그렇고말고. 당연히 그래야지."

"하지만 아버지한테는 신념이 없어요."

"그래. 하지만 우리에게는 신념이 있지, 그렇지 않으냐?"

노인은 눈을 반짝거리며 말했다.

"맞아요. 제가 테라스(terrace, 여기에서는 테라스가 딸린 간이음식점을 가리킴—옮긴이)에서 맥주 한잔 사드릴게요. 드시고 나서 어구를 나르면 돼요."

소년이 노인의 팔을 잡아끌며 말했다.

"그래. 어부끼리 한잔 하자꾸나."

노인이 대답했다.

두 사람이 테라스로 들어가 앉자 그곳에 있던 어부들이 노인을 놀렸다. 하지만 노인은 화내지 않았다. 개중에 나이 많은 어부들은 안쓰러운 표정으로 바라보기도 했다. 하지만 겉으로는 그런 내색을 하지 않은 채 조류가 어떻고, 얼마나 깊이 낚싯줄을 내렸는지, 좋은 날씨가 얼마나 계속될지, 바다에서 무엇을 보았는지 등 점잖게 이야기를 주고받았다.

그날 고기를 많이 잡은 어부들은 일찌감치 항구로 돌아와 청새치를 칼질해서 널빤지 두 장에 늘어놓고, 두 사람이서 널빤지 양쪽을 잡고 비틀거리며 고기 창고로 날랐다. 그리고 그곳에서 아바나(Habana, 쿠바 공화국의 수도로 이곳에 인접한 항구는 카리브 해에서 빼어난 항구들 가운데 하나임—옮긴이)의 시장으로 생선을 운반해갈 냉동 트럭을 기다렸다. 상어를 잡은 어부들도 후미 맞은편에 있는 상어 공장으로 고기를 운반해놓았다. 그곳에서 도르래 장치로 상어를 들어 올려 내장을 제거하고 지느러미를 자르고 껍질을 벗겨낸 뒤 살은 토막 내어 소금에 절였다.

동풍이 불면 상어 공장에서 나는 냄새가 항구까지 날아왔다. 하지만 오늘은 바람이 북쪽으로 물러났다가 잠잠해진 탓에 냄새가 희미하게 풍길 뿐이었다. 테라스에는 밝은 햇살이 비쳐 쾌적하게 느껴질 정도였다.

"산티아고 할아버지."

소년이 입을 열었다.

"그래."

노인이 대답했다. 그는 맥주잔을 든 채 먼 과거를 떠올리고 있었다.

"나가서 내일 쓰실 정어리를 구해올까요?"

"아니다. 가서 야구나 하고 놀아라. 난 아직 노를 저을 수 있고 로헬리오가 그물을 던져줄 거다."

"그래도 구해드리고 싶어요. 할아버지와 함께 고기잡이를 나가지 못한다면 다른 일이라도 도와드리고 싶어요."

"이렇게 맥주를 사주지 않았느냐. 너도 이제 어른이 다 되었구나."

"할아버지가 맨 처음 배에 태워주셨을 때 제가 몇 살이었죠?"

"다섯 살이었지. 그때 내가 잡아 올린 고기가 어찌나 팔팔했는지 넌 거의 죽을 뻔했어. 배도 산산조각 날 정도로 위험했고. 기억나니?"

"기억나요. 꼬리가 여기저기 요란하게 부딪히던 거며 노 젓는 자리가 부서졌던 거며 몽둥이로 두들기던 소리며 다 생각나요. 할아버지가 젖은 낚싯줄을 사려놓은 뱃머리로 저를 내던지다시피 하신 것도요. 배 전체가 떨리던 느낌과 할아버지가 나무 패듯 고기를 두들기던 소리와 달콤한 피 냄새도 기억나요."

"그날 일어난 일이 전부 기억난다는 거냐? 아니면 내가 너에게 말해줘서 아는 거냐?"

"할아버지와 처음 고기잡이 나갔을 때부터 있었던 일을 전부 기억하는걸요."

햇볕에 그을린 노인은 믿음과 사랑이 담긴 눈빛으로 소년을 바라보았다.

"네가 내 아들이라면 먼 바다로 데리고 나가 모험을 해보고 싶구나. 하지만 너에겐 아버지와 어머니가 계시지. 게다가 지금 운 좋은 배를 타고 있고."

노인이 아쉬운 표정으로 말했다.

"정어리를 구해드릴까요? 미끼를 구할 수 있는 곳도 알고 있어요."

"오늘 것도 쓰고 남아 소금을 뿌려 상자에 넣어뒀단다."

"싱싱한 걸로 네 마리 구해드릴게요."

"그럼 한 마리만 구해오렴."

노인이 고개를 끄덕이며 말했다. 그는 절대 희망과 자신감을 잃지 않았다. 미풍이 불어올 때처럼 그 순간 새로이 희망과 자신감이 샘솟았다.

"그럼 두 마리 구해올게요."

소년이 밝게 웃으며 말했다.

"그래, 두 마리다. 설마 훔치는 건 아니겠지?"

노인은 소년의 말에 따르기로 했다.

"훔칠 수도 있지만, 이건 돈 주고 사는 거예요."

소년은 코를 찡긋거리며 말했다.

"고맙구나."

노인이 마음을 담아 말했다. 그는 너무도 단순한 성격이어서 그렇게 하기로 마음먹은 뒤에는 다른 생각을 해본 적이 없었다. 하지만 지금은 자신이 겸손하다는 사실을 알고 있으며, 그것이 창피한 일도 아니고 자존심이 상하는 일도 아님을 잘 알고 있었다.

"조류가 이대로라면 내일도 날씨가 좋겠구나."

노인이 코로 공기를 길게 들이마시며 말했다.

"어디로 나가시게요?"

소년이 궁금하다는 듯 물었다.

"멀리 나갔다가 바람이 바뀌면 돌아오려고. 날이 밝기 전에 나가고 싶구나."

"주인아저씨한테도 멀리 나가자고 해봐야겠어요. 그럼 할아버지가 정말 큰 놈을 낚으면 우리가 가서 도와드릴 수도 있잖아요."

소년은 신이 난 듯 말했다.

"그 사람은 멀리 나가는 걸 좋아하지 않아."

"안 좋아하죠. 하지만 전 주인아저씨가 보지 못하는 걸 볼 수 있어요. 새가 먹이를 찾는 모습 같은 거요. 그러니 만새기를 쫓아 멀리 나가게 할 거예요."

소년이 자신감 넘치는 표정으로 말했다.

"그 사람 눈이 그렇게 나쁘냐?"

"거의 장님이나 다름없어요."

"이상한 일이구나. 그 사람은 바다거북을 잡으러 나간 적도 없는데 말이다. 바다거북을 잡다 보면 눈이 상하거든."

노인이 나지막한 목소리로 말했다.

"하지만 할아버지는 모스키토 해안에서 몇 년 동안이나 바다거북을 잡으셨어도 시력이 좋잖아요."

"나는 별난 늙은이니까."

"진짜 큰 놈이 걸려들어도 상대할 수 있을 만큼 기운이 있으세요?"

"아마 그럴 게다. 게다가 여러 가지 요령도 알고 있으니."

"그럼 이제 그만 어구를 집으로 가져갈까요? 그래야 제가 투망을 갖고 정어리를 잡으러 갈 수 있으니까요."

소년이 노인을 바라보며 말했다.

두 사람은 배에서 어구를 집어들었다. 노인은 어깨에 돛대를 메고 소년은 단단하게 꼰 갈색 낚싯줄 타래를 넣은 나무 상자와 갈고리, 화살대가 연결된 작살을 날랐다. 미끼를 넣은 상자는 큰 고기를 배 옆으로 가져올 때 고기를 제압하는 몽둥이와 함께 조각배의 고물 아래에 넣어두었다. 노인의 물건은 도둑맞을 우려가 없었지만 돛과 굵은 밧줄은 집으로 가져가는 편이 나았다. 노인은 마을 사람들이 자기 물건을 훔쳐가리라고 생각하지 않았지만 갈고리와 작살을 배에 놔두어 사람들을 쓸데없이 유혹에 빠뜨릴 생각은 없었다.

두 사람은 함께 노인의 판잣집으로 걸어 올라가서 열려 있는 문으로 들어갔다. 노인은 둘둘 감긴 돛대를 벽에 기대놓았고 소년은 상자와 그 밖의 어구를 그 옆에 놓았다. 돛대의 길이는 거의 판잣집의 방만 했다. 이 판잣집은 '구아노'라고 부르는 대왕야자수의 질긴 싹눈껍질로 지은 것으로, 세간살이라고 해봐야 침대와 탁자, 의자가 하나씩 있었다. 판잣집의 바닥은 흙으로 덮여 있었고, 한쪽에는 숯불로 음식을 만드는 공간이 있었다. 질긴 구아노 잎사귀를 평평하게 여러 겹으로 포개어 바른 갈색 벽에는 예수 그리스도의 성심상과 코브레 대성당의 성모 마리아를 그린 채색화 두 점이 걸려 있었다. 이들 물건 모두가 죽은 아내의 유품이었다.

한때 벽에는 색조가 들어간 아내의 사진이 걸려 있었지만 노인은 그것을 떼어버렸다. 사진을 볼 때마다 외로운 기분이 들어 방구석의 선반에 놓인 깨끗한 셔츠 아래에 넣어두었다.

"뭘 드시려고요?"

소년이 고개를 들고 물었다.

"노란 쌀밥 한 그릇이랑 생선이 있는데, 너도 좀 먹겠니?"

"아뇨. 전 집에 가서 먹을게요. 불 피워 드릴까요?"

"괜찮다. 나중에 내가 하마. 그냥 찬밥을 먹어도 되고."

"투망을 가져가도 될까요?"

"되고말고."

사실 투망은 없었다. 소년은 언제 투망을 팔았는지도 기억하고 있다. 그러나 두 사람은 이렇게 꾸며낸 말을 매일 되풀이하곤 했다. 노란 쌀밥과 생선도 없었고, 소년은 그 사실을 잘 알고 있었다.

"85는 재수 좋은 숫자란다. 내가 내장을 빼고도 450킬로그램이 넘는 물고기를 잡아온다면 어떻겠니?"

노인이 소년 쪽을 바라보며 말했다.

"저는 투망을 갖고 정어리를 잡으러 갈게요. 문간에서 볕을 쬐며 앉아 계실래요?"

"그러마. 어제 신문이 있으니까 야구 기사나 읽어야겠다."

소년이 어제 신문도 꾸며낸 이야기가 아닐까 생각하고 있을 때 노인은 침대 밑에서 신문을 꺼냈다.

"술집에서 페리코가 줬단다."

노인이 신문을 들어 보이며 말했다.

"정어리를 잡아서 돌아올게요. 할아버지 거랑 제 거랑 얼음에 넣어둘 테니까 내일 아침에 나눠요. 제가 돌아오면 야구 이야기 좀 해주세요."

"분명 양키스가 이길 거야."

"저는 클리블랜드 인디언스 팀이 이길까 봐 걱정이에요."

"애야, 양키스 팀을 믿어라. 디마지오라는 훌륭한 선수가 있으니까."

"저는 디트로이트 타이거즈 팀과 클리블랜드 인디언스 팀 둘

다 걱정인걸요."

"조심해라. 그러다간 신시내티 레즈 팀이나 시카고 화이트삭스 팀까지 이길 것 같다고 하겠구나."

"신문을 보고 있다가 제가 돌아오면 얘기해주세요."

"우리 끝자리가 85인 복권을 한 장 사면 어떨까? 내일이면 85일째가 되는 날이거든."

"그러죠, 뭐. 하지만 할아버지의 멋진 기록인 87은 어때요?"

"아마 그런 일이 두 번 일어나진 않을 거야. 끝자리가 85인 복권을 살 수 있겠니?"

"제가 주문해놓을게요."

"그럼 한 장만 해다오. 2달러 50센트인데, 그 돈을 누구한테 빌리지?"

"그건 쉬워요. 2달러 50센트 정도면 저도 언제든 빌릴 수 있어요."

"아마 나도 빌릴 수 있을 거다. 하지만 되도록 돈을 꾸고 싶진 않구나. 처음엔 돈을 빌리다가 나중엔 구걸하게 되거든."

"할아버지, 몸을 따뜻하게 하고 계세요. 9월이라는 걸 잊지 마시고요."

"큰 고기가 나오는 계절이지. 5월에는 누구나 어부가 될 수 있지만."

"이제 저는 정어리를 잡아올게요."

소년이 돌아왔을 때 노인은 의자에 앉은 채 잠들어 있었고, 해는 이미 저문 뒤였다. 소년은 침대에서 낡은 군용 담요를 가져와 의자 뒤쪽에서 펼쳐 노인의 어깨를 덮어주었다. 나이가 많이 들었는데도 노인의 어깨는 이상하리만큼 강인해 보였다. 고개를 앞으로 떨어뜨린 채 잠든 그의 목은 여전히 힘이 넘쳐나는 듯했고 주름살도 거의 보이지 않았다. 노인의 셔츠는 여러 번 기워 마치 돛과 같았는데, 덧댄 조각이 햇볕에 서로 다른 색깔로 바래 있었다. 노인의 머리는 몹시 늙어 보였고 눈을 감고 있어서인지 얼굴에서 생기라곤 찾아볼 수 없었다. 무릎에 펼쳐진 신문은 팔의 무게 때문인지 저녁의 미풍에도 날아가지 않고 그대로 있었다. 발은 맨발이었다.

소년은 노인을 그대로 내버려두었다. 잠시 후 소년이 돌아왔을 때도 노인은 여전히 자고 있었다.

"할아버지, 일어나세요."

소년은 이렇게 말하면서 노인의 한쪽 무릎에 손을 올렸다.

이윽고 노인이 눈을 떴는데, 한순간 어디 멀리 떠났다가 돌아온 듯한 멍한 표정을 지었다. 그러고 나서 노인은 미소를 지어 보이며 물었다.

"뭘 갖고 왔니?"

"저녁식사예요. 같이 먹어요."

소년이 웃으며 대답했다.

"난 별로 배고프지 않은데."

"어서 잡수세요. 음식을 먹지 않으면 내일 고기잡이를 할 수 없잖아요."

"예전엔 가끔 그런 적이 있는걸."

노인은 이렇게 말하고 일어나서 신문을 들어 접었다. 그리고 담요를 개기 시작했다.

"담요는 그냥 덮고 계세요. 제가 살아 있는 한 식사를 거르시고 고기잡이를 나가실 일은 없을 거예요."

소년이 노인의 손을 잡으며 말했다.

"그럼 몸조심하고 오래 살려무나. 그나저나 뭘 먹을 거냐?"

노인이 음식 쪽으로 시선을 두며 물었다.

"검정콩이랑 밥, 바나나 튀김 그리고 스튜도 조금 있어요."

소년은 테라스에서 2단으로 된 금속 그릇에 음식을 담아왔다. 주머니에는 종이 냅킨에 싼 나이프와 포크, 숟가락 두 벌이 들어 있었다.

"누가 준 게냐?"

"마르틴 아저씨가요. 테라스 주인아저씨 말이에요."

"고맙다는 인사를 해야겠구나."

"고맙다는 인사는 제가 벌써 했어요. 할아버지는 따로 인사하지 않으셔도 돼요."

소년이 음식을 펼치며 말했다.

"큰 고기를 잡으면 뱃살을 줘야겠어. 우리에게 음식을 준 게 한두 번이 아니잖니?"

노인이 진심 어린 목소리로 말했다.

"그럴 거예요."

"그렇다면 뱃살 말고 더 좋은 걸 줘야겠구나. 우리를 이렇게 생각해주니 말이다."

"맥주도 두 병 주셨어요."

"난 캔맥주가 가장 좋더라."

"알아요. 하지만 이건 병에 든 맥주예요. 아투에이(Hatuey) 맥주인데 병은 돌려줘야 해요."

"넌 참 친절하구나. 그럼 먹어볼까?"

노인이 포크를 들며 말했다.

"아까부터 드시라고 했는걸요."

소년이 웃음기 머금은 표정으로 다정하게 말했다.

"할아버지가 드실 준비를 할 때까지 뚜껑을 열고 싶지 않았거든요."

"이제 준비가 됐다. 손 씻을 시간이 필요했을 뿐이야."

노인은 시선을 음식에 둔 채 말했다.

'어떻게 손을 씻으셨을까?'

소년은 마음속으로 생각했다. 마을 사람들에게 물을 공급해주는 수도는 두 블록이나 내려가야 있었다.

'할아버지께 물을 길어다 드렸어야 했는데…… 비누하고 깨끗한 수건도. 나는 왜 이리 생각이 모자랄까? 할아버지께 셔츠도 한 장 구해드리고 겨울 재킷과 신발, 담요도 한 장 더 구해드려야겠어.'

소년은 이것저것 챙길 것을 살피기 시작했다. 그때 노인이 말했다.

"이 스튜 정말 맛있구나."

이 말에 정신이 번뜩 든 소년은 엉뚱한 대답을 했다.

"야구 이야기 좀 해주세요."

그러자 노인이 행복한 표정으로 말했다.

"아메리칸 리그에선 내가 말했듯이 양키스 팀이지."

"오늘은 졌잖아요."

소년이 말했다.

"그 정도는 문제도 아니야. 훌륭한 디마지오가 다시 실력 발휘를 할 테니까."

"그 팀에는 그 선수 말고 다른 선수들도 있잖아요."

"그렇지. 하지만 디마지오는 달라. 다른 리그에서 브루클린과 필라델피아라면 난 브루클린 편을 들겠지. 그러고 보니 딕시슬러가 생각나는구나. 그가 옛 구장에서 날린 안타는 정말 굉장했지."

"그런 안타는 다시 보기 어려울 거예요. 그 선수처럼 멀리 치는 선수를 본 적이 없어요."

"딕 시슬러가 테라스에 오곤 했던 걸 기억하니? 나는 그에게 함께 낚시를 가자고 말하고 싶었지만 워낙 소심해서 부탁할 수가 없었지. 그래서 너한테 말 좀 해보라고 했더니 너 또한 소심해서 어쩌지 못했잖아."

"알아요. 그건 정말 큰 실수였어요. 어쩌면 우리와 함께 가줬을지도 모르는데. 그랬더라면 평생 잊지 못할 추억이 되었을 거예요."

"난 이제 디마지오를 고기잡이에 데려가고 싶구나."

노인은 먼 곳을 바라보며 말했다.

"사람들이 그러는데 그의 아버지도 어부였다더구나. 그도 우리처럼 가난했을 테니까 우리를 이해해줄 거야."

"훌륭한 시슬러의 아버지는 절대로 가난하지 않았대요. 그의 아버지는 제 나이 때쯤 메이저리그에서 뛰고 있었대요."

"내가 너만 한 나이였을 때는 아프리카로 항해하는 가로돛을 단 배의 선원이었지. 저녁이 되면 해안을 어슬렁거리며 돌아다니는 사자들을 보곤 했는데."

"알아요. 예전에 이야기해주셨잖아요."

"아프리카 이야기를 할까, 아니면 야구 이야기를 할까?"

"야구가 좋겠어요. 훌륭한 존 J. 맥그로 이야기를 해주세요."

소년은 제이를 호타라고 발음했다.

"예전에 그도 가끔씩 테라스에 오곤 했어. 하지만 술만 마시면 행동이 거칠어지고 입도 걸걸해져 다루기가 어려웠지. 그는 야구만큼 말에도 관심이 있었단다. 그리고 야구만큼이나 경마도 좋아했지. 어쨌든 항상 호주머니 속에 말 이름 적은 목록을 가지고 다니면서 전화에 대고 종종 말 이름을 이야기하더구나."

"그 사람 뛰어난 감독이었죠. 우리 아버지 말로는 최고의 감독이었대요."

소년의 말에 노인은 웃으며 말했다.

"그건 그 사람이 여기에 자주 왔기 때문이지. 만약 듀로서가 해마다 여기에 왔다면 네 아버지는 그 사람이 가장 훌륭한 감독이라고 했을 거야."

"그럼 정말로 훌륭한 감독은 누구예요? 루케인가요, 마이크 곤살레스인가요?"

"내 생각에는 둘 다 똑같은 것 같구나."

"그리고 가장 훌륭한 어부는 할아버지고요."

"아니다. 나는 훨씬 더 뛰어난 어부들을 알고 있단다."

"케바(Que va, '천만에' '절대로 그렇지 않다'는 뜻의 스페인어―옮긴이). 고기를 잘 잡는 어부는 많이 있고 정말로 훌륭한 어부도 몇 명 있어요. 하지만 제가 보기에 할아버지만 한 어부는 단 한 명도 없다고요."

소년의 확신에 찬 말투에 노인은 만면에 기분 좋은 미소를 머금은 채 말했다.

"고맙다. 넌 나를 기쁘게 해주는구나. 아주 큰 물고기가 걸려들어 네가 한 말이 뒤집어지지 않았으면 좋겠는데."

"할아버지 말씀대로 힘이 예전대로라면 그런 큰 물고기도 문제없을 거예요."

"난 내가 생각한 만큼 힘이 세지 않을지 몰라도 요령을 많이 알고 결단력도 있지."

노인은 소년의 말에 기운을 얻은 듯 힘 있게 말했다.

"내일 아침에 기운이 나도록 이제 그만 주무세요. 그릇은 제가 테라스에 가져다줄게요."

"그럼 잘 자라. 내일 아침에 깨워주마."

"할아버지는 제 자명종 시계예요."

소년이 그릇을 챙기며 말했다.

"나한테는 나이가 자명종 시계지. 늙은이들은 왜 그렇게 일찍 일어나는 걸까? 하루를 좀 더 길게 보내고 싶어서일까?"

"모르겠어요. 제가 아는 건 어린 애들은 늦게까지 푹 잔다는 것뿐이에요."

"나도 그건 알고 있단다. 내일 아침에 늦지 않게 깨워주마."

노인이 웃으며 말했다.

"저는 주인아저씨가 깨우는 게 싫어요. 마치 제가 못난이가

22

된 기분이 들거든요."

"알다마다."

"그럼 안녕히 주무세요, 할아버지."

소년이 밖으로 나갔다. 두 사람은 불을 켜지 않은 채로 식사를 했기 때문에 노인은 어두운 곳에서 바지를 벗고 잠자리에 들었다. 바지 속에 신문지를 넣고 둘둘 말아 베개를 만들었다. 그러고 나서 담요로 몸을 감고 침대 스프링을 덮은 헌 신문지 위에서 잠을 청했다.

노인은 이내 잠이 들었고 소년 시절에 가보았던 아프리카의 꿈을 꾸었다. 황금빛으로 빛나는 긴 해변과 눈부실 만큼 새하얀 모래밭, 우뚝 튀어나온 곶 지형과 거대한 황톳빛 민둥산도 보였다. 매일 밤 그는 그 해변에 살았다. 꿈속에서 파도의 으르렁거리는 소리가 들렸고, 파도를 헤치고 돌아오는 원주민들의 배가 보였다. 그는 자면서 갑판의 타르와 뱃밥 냄새를 맡았고, 아침이면 육지에서 불어오는 미풍에 실려온 아프리카의 냄새를 맡았다.

노인은 평소 육지에서 불어오는 미풍의 냄새를 맡으면 잠에서 깨어나 옷을 입고 소년을 깨우러 갔다. 하지만 오늘은 그 미풍의 냄새가 너무 일찍 풍겼다. 그는 꿈에서도 너무 이른 시간임을 알았다. 노인은 계속 다시 꿈을 꾸며 섬들의 하얀 봉우리가 바다에 솟아 있는 광경을 보았고, 카나리아 군도의 여러 항구와 정박지가 잇따라 나타나는 모습을 보았다.

노인의 꿈에는 더 이상 폭풍우도, 여자도, 대단한 사건도, 커다란 고기도, 싸움도, 힘겨루기도, 죽은 아내도 나타나지 않았다. 이제 여러 장소와 관련된 꿈 그리고 해안에 있는 사자들의 꿈만 꾸었다. 사자들은 저녁노을 속에서 새끼 고양이처럼 뛰어놀았고 노인은 소년을 사랑하는 것처럼 사자들을 사랑했다. 그는 소년의 꿈을 꾸어본 적이 아직까지 한 번도 없었다.

저절로 눈을 뜬 노인은 열린 창으로 달을 바라보며 말아놓은 바지를 펴서 입었다. 판잣집 바깥에서 소변을 보고는 소년을 깨우려고 길을 따라 올라갔다. 새벽 찬 공기에 몸이 떨렸다. 하지만 노인은 곧 몸이 따뜻해지리라는 것을 그리고 노를 젓게 되리라는 것을 알았다.

소년이 사는 집은 문이 닫혀 있지 않아서 노인은 문을 지나 조용히 안으로 들어갔다. 소년은 첫 번째 방에 놓인 간이침대에서 자고 있었는데 달빛 덕분에 소년의 얼굴이 분명하게 보였다. 노인은 소년이 깨어나 고개를 돌려 자신을 바라볼 때까지 소년의 한쪽 발을 살며시 잡고 있었다. 노인이 고개를 끄덕이자 소년은 침대 옆 의자에 놓인 바지를 집어들더니 침대에 앉아 입었다.

노인이 문 밖으로 나왔고 소년도 뒤따라 나왔다. 소년의 눈은 아직도 졸음이 가시지 않았는데, 노인은 한 팔로 소년의 어깨를 감싼 채 말했다.

"미안하구나."

"케바, 남자라면 꼭 해야만 하는 일인걸요."

소년이 아직 잠이 덜 깼음에도 이렇게 말했다.

두 사람은 노인의 판잣집을 향해 걸어갔다. 어둠 속에서 맨발의 어부들이 어깨에 돛대를 메고 걸어가고 있었다.

노인의 판잣집에 도착하자 소년은 바구니에 둘둘 말아둔 낚싯줄과 갈고리와 작살을 집었고, 노인은 돛이 감겨진 돛대를 어깨에 멨다.

"커피 드실래요?"

소년이 노인을 향해 물었다.

"어구를 배에 싣고 나서 마시자꾸나."

두 사람은 이른 아침 어부들에게 음식을 파는 가게에서 연유 깡통에 든 커피를 마셨다.

"할아버지, 간밤에 잘 주무셨어요?"

커피를 한 모금 마시고 나서 소년이 물었다. 졸음을 완전히 떨쳐버리기는 힘들었지만 차츰 잠에서 깨기 시작했다.

"아주 잘 잤다, 마놀린. 오늘은 왠지 자신감이 생기는구나."

노인이 어깨를 으쓱해 보이며 말했다.

"저도요. 그럼 할아버지의 정어리랑 제 정어리 그리고 할아버지가 쓰실 싱싱한 미끼를 가져와야겠어요. 주인아저씨는 다른 사람이 어구를 절대 들지 못하게 직접 날라요."

소년이 못마땅하다는 듯이 말했다.

"우리는 다르지. 난 네가 다섯 살 때부터 나르게 했는걸."

"그건 저도 알고 있어요. 금방 올 테니 커피 한 잔 더 드세요. 여기선 외상을 할 수 있으니까요."

소년이 자리에서 일어서며 말했다.

그러더니 소년은 맨발로 산호 돌길을 걸어 미끼를 보관해둔 얼음 창고로 갔다.

노인은 천천히 커피를 마셨다. 그것이 오늘 하루 그가 먹게 될 유일한 음식이었기에 꼭 마셔두어야 했다. 그는 오래전부터 먹는 것이 귀찮다는 생각이 들어 고기잡이 나갈 때 점심을 싸 가지 않았다. 조각배의 뱃머리에 물병 하나만 놓아두었는데, 그것 하나면 충분했다.

소년은 정어리와 신문지로 싼 미끼 두 뭉치를 가져왔다. 두 사람은 발밑으로 자갈 섞인 모래의 감촉을 느끼며 조각배가 있는 곳으로 내려가 배를 바다로 밀어 넣었다.

"행운을 빌어요, 할아버지."

"너도 행운을 빈다."

노인이 말했다. 그는 노를 묶어둔 밧줄을 놋좆에 동여매고 노를 물속에 첨벙 담구었다. 그리고 몸을 앞으로 구부려 새벽 어둠 속에서 노를 저어 항구 밖으로 나가기 시작했다. 해변의 다른 쪽에서 배 몇 척이 이미 바다를 향해 노를 젓고 있었다. 달이 언덕 너머로 져서 배들의 모습은 보이지 않았지만 노인의 귀에는 노 젓는 소리가 똑똑히 들렸다.

이따금 다른 배에서 사람 말소리가 들려오기도 했다. 하지만 대부분 배들은 노 젓는 소리를 제외하고는 조용했다. 배들은 항구 어귀를 벗어나자 뿔뿔이 흩어져 미리 봐둔 바다 쪽으로 향했다. 노인은 멀리까지 나갈 생각이었으므로 육지의 냄새를 뒤로하고 새벽의 싱그러운 바다 냄새가 풍기는 바다를 향해 힘껏 노를 저었다. 어부들이 '큰 우물'이라고 부르는 곳까지 노를 저어갔을 때 노인은 모자반속 해초가 내뿜는 인광을 보았다. 그곳이 '큰 우물'이라고 불리는 이유는 갑자기 물 깊이가 700패덤(fathom, 수심을 나타내는 단위로 1패덤은 약 1.83미터—옮긴이)이나 되기 때문이다. 그곳은 해류가 바다 밑바닥의 가파른 경사면에 부딪혀 소용돌이를 이루기 때문에 온갖 종류의 고기가 모여들었다. 새우와 미끼 고기가 모이는데, 때때로 가장 깊은 구멍에는 오징어 떼도 있었다. 이들 물고기는 밤에 수면 가까이 떠올랐다가 떠돌아다니는 큰 물고기의 먹이가 되기도 했다.

노인은 어둠 속에서도 서서히 아침이 오는 것을 느낄 수 있었다. 노를 저으면서 날치가 수면 위로 떠오를 때 떠는 소리와 빳빳하게 세운 날개가 어둠 속에서 내는 쉿쉿 소리를 들을 수 있었다. 그는 날치를 매우 좋아했고, 바다에서 만나는 가장 가까운 친구로 여겼다. 하지만 새들은 가엾다는 생각이 들었다. 날아다니며 먹이를 찾지만 거의 허탕을 치는 작고 연약한 제비갈매기가 특히 가여웠다. 그는 새들이 인간보다 더 힘들게 살아간다고 생각했다. 도둑질을 일삼는 새나 억세고 힘센 새들은 제외하고 말이다.

바다는 때때로 잔인할 수도 있는데 왜 제비갈매기처럼 작고 연약한 새를 만들었을까? 바다는 다정하고 무척 아름답게 보이지만 잔인해질 수도 있고 실제로 갑자기 잔인해지기도 한다. 작고 구슬픈 소리를 내며 날아가다가 바다에 주둥이를 대고 먹이를 찾는 저런 새들은 바다에서 살아가기에 너무 연약하게 태어났다.

노인은 언제나 바다를 '라 마르'라고 생각했다. 이는 사람들이 스페인어로 애정을 드러내며 부르는 말이다. 바다를 사랑하는 사람들도 어쩌다 바다와 관련해 나쁘게 말할 때도 있지만 항상 바다를 여자 대하듯 했다. 낚싯줄에 찌 대신 부표를 사용하고 상어 간으로 많은 돈을 벌어 모터보트를 구입한 젊은 어부 몇몇은 바다를 남성형인 '엘 마르'라고 부르기도 했다. 그들은 바다를 경쟁자나 장소, 심지어 적인 것처럼 말하기도 했다. 하지만 노인은 항상 바다를 여성으로 생각했고, 큰 것을 주기도 하고 빼앗기도 하는 무엇이라고 표현했다. 바다가 거칠게

굴거나 나쁜 짓을 해도 어쩔 수 없는 일이라고 생각했다. 달이 여자에게 영향을 끼치는 것처럼 바다에도 영향을 끼친다고 생각했다.

노인은 쉬지 않고 노를 저었다. 속도를 잘 유지한 데다 이따금 조류가 소용돌이치는 것을 제외하고 수면이 잔잔했기 때문에 별로 힘들지 않았다. 그는 노 젓는 데 드는 힘 가운데 삼 분의 일은 조류에 내맡기고 있었다.

날이 밝기 시작할 무렵 이 시간에 나오려고 했던 거리보다 훨씬 멀리까지 나왔다는 사실을 깨달았다.

'일주일 동안 깊은 해구에서 애를 써봤지만 한 마리도 잡지 못했어.'

그리고 노인은 어떻게 할지 고민했다.

'오늘 가다랑어와 날개다랑어 떼가 출몰하는 지역에 나가보면 그것들 사이에 큰 놈이 있을지도 몰라.'

노인은 날이 완전히 밝기도 전에 미끼를 내놓고 조류를 따라 그대로 흘러가고 있었다. 첫 번째 미끼는 40패덤인 곳에서 내렸다. 두 번째는 75패덤에서 내렸고 세 번째와 네 번째는 100패덤과 125패덤이나 되는 푸른 물속에 내렸다. 모든 미끼마다 고기 대가리가 아래로 가도록 꿰어 단단히 묶은 다음 낚시의 튀어나온 부분과 구부러진 부분과 끝부분에 싱싱한 정어리를 달아놓았다. 정어리는 두 눈알을 낚싯바늘로 꿰어 달아놓았기 때문에 마치 돌출된 낚싯바늘에 반달 모양의 화환을 씌운 것처럼 보였다. 모든 낚싯바늘에 커다란 물고기들이 좋아할 만한 냄새를 풍기고 입맛을 돋울 미끼가 채워졌다.

소년은 노인에게 싱싱하고 작은 다랑어, 즉 날개다랑어 두 마리를 주었는데 노인은 가장 깊이 내린 두 개의 낚싯줄에 추처럼 매달아 놓았다. 그리고 다른 낚싯줄에는 예전부터 사용했던 커다란 푸른 전갱이와 갈전갱이를 달았다. 아직 상태가 괜찮았지만 냄새로 고기들을 유혹하기 위해 싱싱한 정어리도 함께 달아놓았다. 커다란 연필만큼 굵은 낚싯줄은 초록색 막대기에 묶어놓았는데 미끼를 조금이라도 잡아당기거나 건드리면 막대기가 물에 잠기게 되어 있었다. 모든 낚싯줄에 40패덤 밧줄이 두 개씩 달려 있고 다른 여분의 밧줄과 연결시키면 물고기는 300패덤도 넘게 줄을 풀 수 있었다.

노인은 뱃전 너머로 막대기 세 개가 잠겨 있는 것을 보며 낚싯줄이 적당한 깊이에서 위아래로 똑바르게 되도록 부드럽게 노를 저었다. 이제는 날이 제법 밝아져 금방이라도 해가 떠오를 것 같았다.

해가 바다 위로 희미하게 떠오르자 노인은 다른 배들이 해안 쪽으로 수면을 가로질러 납작하게 흩어진 모습을 볼 수 있었다. 해가 더욱 밝아지자 물 위로 눈부신 햇살이 쏟아졌다. 그리고 해가 완전히 뜨자 평평한 바다에 햇살이 반사되어 눈이 부셨다. 노인은 해를 쳐다보지 않은 채로 노를 저었다. 그는 물속을 내려다보며 어두운 물속에 직선으로 드리운 낚싯줄을 쳐다보았다. 그는 누구보다 낚싯줄을 똑바로 드리웠다. 그래야 어두운 해류의 층마다 그가 바라는 지점에 정확히 미끼를 놓고 그곳을 헤엄쳐 다니는 고기를 기다릴 수 있었다. 다른 어부들은 보통 조류의 흐름에 낚싯줄을 맡겼다. 그래서 100패덤의 수심에 미끼가 놓여 있을 거라고 생각하지만, 실제로는 60패덤밖에 되지 않을 때도 있었다.

그러나 노인은 이렇게 생각했다.

'난 미끼를 정확하게 놓지. 단지 나한테는 더 이상 운이 따르지 않을 뿐이야. 하지만 누가 알겠어? 오늘은 운이 따를지 말이야. 하루하루가 새로운 날이니까. 물론 운이 따른다면 좋겠지만 나는 정확한 편이 좋아. 그래야 운이 찾아올 때 준비를 갖춰놓고 맞이할 수 있으니까.'

해가 뜬 지 두 시간이나 지나 이제는 동쪽을 바라봐도 눈이 별로 아프지 않았다. 배는 세 척밖에 보이지 않았고, 그마저도 저 멀리 해안선 가까이 낮게 떠 있었다.

노인은 주위를 둘러보며 생각했다.

'이른 아침의 햇살이 평생 내 눈을 아프게 했지. 하지만 내 눈은 아직도 멀쩡해. 저녁 해를 똑바로 쳐다봐도 눈앞이 캄캄해지지 않는다고. 저녁 햇살이 더 강렬한데도 말이야. 하지만 아

침 햇살은 눈이 아파.'

바로 그때 군함새 한 마리가 검은 긴 날개로 그의 앞쪽 하늘을 빙 도는 모습이 보였다. 새는 날개를 뒤로 기울인 채 비스듬하게 재빨리 낙하했다가 다시 선회했다.

"뭔가 찾은 모양이군. 그냥 찾고 있는 모양새가 아니야."

노인이 소리 내어 말했다.

그리고 새가 선회하는 곳을 향하여 천천히 흔들림 없이 노를 저었다. 서두르지 않고 낚싯줄이 계속 위아래로 똑바로 드리워지도록 했다. 하지만 정확하게 고기를 낚아 올릴 수 있도록 조류를 약간 밀고 나갔다. 물론 새를 이용하지 않고 고기잡이할 때보다 속도가 빨랐다.

새는 다시 하늘로 높이 올라가 날개를 움직이지 않은 채 선회했다. 그러더니 갑자기 수면으로 급강하했는데, 노인은 날치가 수면 위로 솟구쳐 필사적으로 나아가는 모습을 보았다.

"만새기다. 큰 만새기야."

노인이 큰 소리로 외쳤다.

노인은 놋좆에 노를 걸고 뱃머리 아래서 작은 낚싯줄을 꺼냈다. 거기에는 철사 목줄과 중간 크기의 낚싯바늘이 달려 있었다. 노인은 이 낚싯줄에 정어리 한 마리를 미끼로 달았다. 뱃전 너머로 낚싯줄을 던지고 고물의 고리 달린 볼트에 묶었다. 다른 낚싯줄에도 미끼를 매달고 사려놓은 다음 뱃머리에 놔두었다. 그는 다시 노를 젓기 시작했고, 이제 물 위를 낮게 날아다니며 먹이를 찾는 기다란 날개를 가진 검은 군함새를 바라보았다.

노인이 지켜보는 가운데 새는 날치를 쫓으면서 날개를 비스듬히 기울여 뛰어들더니 그다음에는 미친 듯이 퍼덕였다. 노인은 만새기가 날아가는 날치를 쫓을 때 수면이 약간 부풀어 오른 것을 보았다. 만새기는 날치 떼가 날아가는 아래쪽에서 물을 가르며 나아가다 날치가 수면으로 내려오면 빠른 속도로 달려들 모양이었다. 노인은 이 광경을 지켜보며 생각했다.

'만새기 떼 수가 정말 많구나. 만새기 떼가 넓게 흩어져 있어 날치들이 빠져나갈 수 없겠는걸. 군함새도 먹이를 차지하지 못할 것 같군. 군함새와 비교하면 날치가 큰 데다가 움직임도 정말 빠르잖아.'

노인은 날치 떼가 몇 번이고 수면 위로 뛰어오르고 군함새가 헛일을 되풀이하는 모습을 지켜보았다. 그러면서 이렇게 생각했다.

'만새기 떼는 멀리 가버렸어. 녀석들은 너무 빨리, 너무 멀리 움직이고 있어. 하지만 뒤처진 녀석 한 마리쯤은 잡을 수 있을지도 몰라. 아니면 만새기 떼 사이에 내가 찾는 큰 놈이 있을지도 모르고. 큰 놈이 어딘가에 분명히 있을 거야.'

물 위에 구름이 산처럼 피어오르고 해안은 회색빛 도는 푸른 언덕을 배경으로 한 가닥 기다란 초록색 선으로 보였다. 바닷물은 이제 보랏빛에 가까울 정도로 검푸른 빛을 띠었다. 어두운 물속을 들여다보니 체로 걸러낸 듯한 붉은 플랑크톤이 보였는데, 햇빛에 반사되어 이상한 색깔을 띠고 있었다. 낚싯줄이 똑바로 세워졌는지 살펴보다가 플랑크톤이 잔뜩 보이자 기분이 한결 좋아졌다. 플랑크톤이 많으면 물고기가 따라오기 때문이다. 해가 더욱 높이 떠올랐는데도 물속에 이상한 색깔이 만들어진 걸 보면 날씨가 좋다는 징조였고, 육지의 구름 모양도 그런 사실을 말해주었다.

그러나 이제 군함새는 시야에서 사라졌으며, 수면 위에는 아무것도 보이지 않았다. 햇살에 빛깔이 누렇게 바랜 모자반속 해초와 고깔해파리의 젤라틴 모양을 한 끈적끈적한 보랏빛 기포가 무지개 빛깔로 반짝이며 조각배 옆에 떠 있을 뿐이었다. 고깔해파리는 옆으로 누웠다 다시 섰는데, 물속으로 치명적인 자주색 사상체를 길게 늘어뜨린 채 물거품처럼 둥실둥실 떠다녔다.

"아구아 말라(Agua mala, 스페인어로 '나쁜 물'이란 뜻임―옮긴이)구나. 갈보 같으니라고."

노인이 투덜거렸다.

노에 기댄 채 몸을 돌리면서 물속을 들여다보니 꼬리를 늘어뜨린 사상체 같은 색깔의 작은 고기들이 그 사이로 헤엄치고 있었다. 고깔해파리가 떠다니며 만들어낸 거품의 작은 그늘 밑으로도 고기들이 헤엄쳐 다니는 모습이 보였다. 그 고기들은 고깔해파리의 독에 면역이 되어 있다. 그러나 사람은 그렇지 못하다. 사상체 일부가 낚싯줄에 붙어 끈적끈적한 보랏빛으로 남아 있다가 고기를 낚아 올릴 때 만지게 되면 독담쟁이덩굴이나 옻나무처럼 손과 팔에 부푼 자국이나 물집이 생긴다. 게다가 아구아 말라의 독은 훨씬 빨리 퍼지고 채찍을 맞은 듯한 자국이 생긴다.

무지갯빛 거품은 보기에 아름다웠다. 하지만 그 거품은 바다에서 가장 거짓된 것이었으므로 노인은 커다란 바다거북이 해파리를 먹어치우는 모습을 보면 기분이 좋았다. 바다거북은 해파리를 보면 정면으로 다가가서 눈을 감은 채로 몸을 완전히 등껍질 속으로 집어넣고 사상체를 비롯해 전부 다 먹어치웠다. 노인은 바다거북이 그것들을 먹어치우는 모습을 보는 것이 좋았다. 폭풍우가 지나간 후 해안으로 떠내려온 고깔해파리를 밟고 걷는 것도 좋았고, 뿔처럼 딱딱하게 굳은 발뒤꿈치로 그것을 밟을 때 나는 터지는 소리를 듣는 것도 좋았다.

노인은 우아하고 움직임이 빨라서 값어치가 나가는 녹색 바다거북과 대모거북을 좋아했다. 그러나 몸집이 크고 우둔한 왕바다거북을 보면 친밀함을 느끼는 동시에 경멸감도 느꼈다.

갑옷 같은 누런 껍질로 뒤덮인 녀석들은 교미하는 모습도 이상야릇하고, 눈을 감은 채 게걸스럽게 고깔해파리를 먹어치운다.

노인은 여러 해 동안 거북잡이 배를 탄 적이 있었지만 거북과 관련된 미신 같은 걸 갖고 있지 않았다. 가엾다는 생각만 들 뿐이었다. 노인의 조각배만 한 길이에 무게도 1톤이나 되는 거대한 장수거북도 가엾기는 마찬가지였다. 사람들 대부분이 바다거북을 무자비하게 대하는 건 칼로 토막 낸 이후에도 심장이 몇 시간 동안 뛰기 때문이다. 하지만 노인은 '내 심장도 바다거북의 심장과 비슷하고, 내 손발도 바다거북의 것처럼 거칠지 않은가'라고 생각했다. 노인은 기운을 북돋기 위해 바다거북의 흰 알을 먹었다. 9월과 10월에 정말로 큰 고기를 잡을 수 있도록 5월 내내 바다거북의 알을 먹어두었다.

또한 노인은 많은 어부가 어구를 놓아두는 창고의 커다란 드럼통에 들어 있는 상어의 간유도 매일 한 잔씩 마셨다. 간유를 마시고 싶어 하는 어부들이 자유롭게 마시도록 그곳에 놓아둔 것이었다. 하지만 어부들 대부분은 그 맛을 무척 싫어했다. 그래도 이른 아침에 단잠에서 깨어나는 것만큼 끔찍하지 않았고, 상어의 간유는 온갖 감기와 독감에 효과가 있었고 눈 건강에도 좋았다.

노인이 위를 올려다보니 군함새가 또다시 하늘을 빙빙 돌고 있었다.

"고기를 찾은 게로군."

새를 본 그는 기운이 나서 말했다.

수면을 뚫고 날아오르는 날치도 보이지 않고 미끼 고기들이 흩어지는 모습도 보이지 않았다. 하지만 노인이 지켜보는 동안 작은 다랑어가 위로 솟아오르더니 빙글 돌아 대가리를 처박으며 물속으로 떨어졌다. 다랑어는 햇빛을 받아 은색으로 빛났다. 녀석이 물속으로 떨어지자 다른 놈들도 연이어 솟아올라 사방으로 떨어지고 물을 휘젓더니 미끼를 쫓아 멀리까지 뛰어올랐다. 다랑어들은 미끼 고기 주변으로 원을 그리며 쫓아갔다.

노인은 '저렇게 빨리 움직이지만 않는다면 녀석들 사이로 들어갈 수 있을 텐데'라고 생각했다. 그는 가다랑어 떼가 하얗게 물거품을 일으키고 겁에 질려 수면 위로 나올 수밖에 없는 미끼 고기를 군함새가 덮치는 모습을 지켜보았다.

"군함새가 큰 도움이 된다니까."

노인이 흡족한 미소를 띠며 말했다.

바로 그때 한 바퀴 감아서 발아래로 누르고 있던 낚싯줄이 팽팽해졌다. 노를 내려놓고 낚싯줄을 단단하게 잡고 끌어당기는 동안 그는 줄에 매달린 채 부르르 떠는 작은 다랑어의 무게를 느꼈다. 낚싯줄을 잡아당길수록 떨림은 더욱 커졌고, 뱃전 너머로 홱 당겨 배 안으로 끌어올리기 전 푸른 등과 황금빛 옆구리가 보였다. 탄탄하고 총알처럼 생긴 녀석은 햇빛을 받으며 고물 쪽에 드러누웠는데, 크고 멍청한 눈알을 부릅뜬 채 멋지게 뻗은 꼬리로 조각배의 널빤지를 내리치면서 스스로 명을 재촉하고 있었다. 노인은 친절하게 놈의 대가리를 내리치고 아직도 몸을 떨고 있는 놈을 고물 구석으로 걷어찼다.

"다랑어군. 썩 괜찮은 미끼가 되겠어. 4.5킬로그램 정도 나가겠는걸."

그는 자신도 모르게 혼잣말을 했다.

혼자 있을 때 소리 내어 말하기 시작한 것이 언제부터였는지 기억나지 않는다. 예전에는 혼자 있을 때 노래를 불렀다. 밤중에 스맥선이나 바다거북잡이 배를 타고 혼자 키를 잡을 때도 이따금씩 노래를 불렀다. 그런데 큰 소리로 혼잣말을 하기 시작한 때는 소년이 떠나고 혼자 남겨진 이후부터인 것 같았다. 이것도 정확한 기억은 아니다. 소년과 함께 고기잡이를 할 때도 꼭 필요할 때가 아니면 그다지 말을 하지 않았다. 두 사람은 한밤중이나 사나운 날씨로 폭풍우에 갇혀 있을 때면 이야기를 나누었다. 바다에서는 필요한 말이 아니면 하지 않는 것을 미덕으로 여겼다. 노인은 언제나 그 미덕을 잊지 않고 지켜왔다. 하지만 지금은 거슬리다고 말할 사람이 없으므로 아무 때나 생각을 입 밖으로 소리 내어 말하곤 했다.

"내가 큰 소리로 혼잣말하는 것을 들으면 남들은 미쳤다고 생각하겠지. 하지만 나는 미치지 않았으니까 상관없어. 돈 많은 어부들은 라디오를 가져와서 이야기도 듣고 야구 중계도 듣잖아."

그러다가 노인은 마음속으로 중얼거렸다.

'지금 야구 생각을 할 때가 아니지. 지금은 한 가지만 생각할 때야. 나는 그 일을 하기 위해 태어났다고. 다랑어 떼 주변에 큰 놈이 있을지도 몰라. 나는 먹이를 먹다 뒤처진 낙오자 한 놈을 건져 올린 거라고. 그런데 저놈들은 저렇게 멀리 빠른 속도로 움직이고 있군. 오늘 수면 위로 모습을 드러낸 놈들은 전부 북동쪽으로 빠르게 이동하고 있어. 그럴 시간이기 때문일까? 아니면 내가 알지 못하는 날씨의 신호일까?'

노인은 더 이상 해안선을 볼 수 없었다. 단지 푸른 언덕의 꼭대기가 눈 덮인 것처럼 하얗게 보였고, 그 위로 설산처럼 하얀 구름이 떠 있는 것이 보일 뿐이었다. 바다는 아주 어두운 빛이었고 햇빛이 물속에 프리즘을 만들어냈다. 그 많던 플랑크톤은 높이 떠 있는 해 때문에 사라져버렸고, 이제 노인의 눈에 보이는 것은 푸른 물속의 거대한 프리즘과 1.6킬로미터쯤 되는 물속으로 똑바로 세워진 낚싯줄뿐이었다.

다랑어 떼는 다시 물속으로 들어가 버렸다. 어부들은 다랑어 과에 속하는 물고기를 전부 다랑어라고 불렀는데, 그것을 팔거나 미끼와 물물교환을 할 때만 정확한 이름으로 구분 지었다. 이제 노인은 뜨거운 햇살에 목덜미가 뜨거운 것을 느꼈다. 그 순간 노를 젓고 있는 그의 등을 타고 땀이 흘러내렸다.

노인은 잠시 숨을 돌렸다.

'이제는 배가 저절로 떠내려가도록 두고 한숨 잘 수 있겠군. 낚싯줄의 고리를 발가락에 걸어놓고 자면 금방 깰 수 있겠지. 오늘로써 팔십 일하고도 닷새가 되었으니 반드시 큰 놈을 잡아야 할 텐데 말이야.'

낚싯줄을 지켜보던 노인은 바로 그때 수면 위로 튀어나와 있던 초록색 막대기가 갑자기 푹 잠기는 모습을 보았다.

"그래! 좋았어!"

노인이 큰 소리로 말했다. 그는 배에 부딪히지 않도록 노를 거두어 노받이에 걸쳐놓았다. 그리고 오른팔을 뻗어 엄지와 집게손가락으로 살며시 낚싯줄을 잡았다. 당기는 힘이나 무게가 그리 느껴지지 않아서 그저 낚싯줄을 가볍게 잡고 있었다.

그러다 어느 순간 잡아당기는 힘이 느껴졌다. 이번에는 시험 삼아 당겨보는 것인 듯 탄탄하지도 묵직하지도 않았다. 노인은 이것이 어떤 상황인지 정확히 알고 있었다. 100패덤의 수심 아래서 청새치 한 마리가 낚싯바늘의 뾰족한 끝과 중간 부분에 놓인 정어리를 먹고 있는 것이다. 손으로 직접 만든 낚싯바늘이 작은 다랑어의 대가리에서 튀어나와 있었다.

노인은 살짝 낚싯줄을 잡고 왼손으로 그것을 막대기에서 풀었다. 이제 고기가 팽팽한 힘을 전혀 느끼지 않게 하면서 낚싯줄이 손가락 사이로 스르르 풀려나가게 할 수 있었다.

그는 생각했다.

'이렇게 멀리까지 나왔고, 계절이 계절이니만큼 아주 큰 놈일 거야.'

그리고 잠시 흥분을 가라앉히고 마음속으로 빌었다.

'자, 어서 먹어치워라. 빨리 먹으라고. 제발 먹어다오. 180미터나 되는 차갑고 어두운 물속이니 너와 미끼 물고기 모두 얼마나 싱싱하겠니. 어둠 속에서 한 바퀴 더 돌고 와서 미끼를 먹으려무나.'

노인은 그 순간 가볍게 줄이 당겨지는 것을 느꼈고, 이어서 더 센 입질이 느껴졌다. 낚싯바늘에서 정어리 대가리를 빼내기가 힘든 모양이었다. 그다음에는 어떤 움직임도 전혀 느껴지지 않았다.

"자자, 한 바퀴 더 돌고 와라. 냄새를 한번 맡아봐. 참 좋지? 이제 먹어치우라고. 다랑어도 있잖아. 아주 단단하고 차고 맛있지. 체면 차리지 말고 어서 달려들어 먹으라고."

이번에는 소리 내어 말했다.

노인은 엄지와 집게손가락 사이로 낚싯줄을 잡고 기다렸다. 고기가 위아래로 헤엄칠 경우에 대비해 다른 낚싯줄도 살펴보면서 말이다. 바로 그때 방금 전처럼 가벼운 입질이 느껴졌다.

"이번에는 물 거야. 하느님, 놈이 미끼를 먹게 제발 도와주십시오."

노인은 하늘을 우러러보며 큰 소리로 말했다.

그러나 물고기는 이번에도 물지 않았다. 이미 가버린 건지 노인은 아무것도 느껴지지 않았다.

"놈이 가버렸을 리가 없어. 절대로 가버렸을 리 없다고. 한 바퀴 돌고 있는 걸 거야. 예전에 낚싯바늘에 걸린 적이 있어 그 일을 기억해냈을 수도 있고."

그때 낚싯줄에 가벼운 입질이 느껴졌다.

"그냥 한 바퀴 돌고 온 거야. 이번에는 물 거야."

노인은 가볍게 잡아당기는 느낌에 기분이 좋아졌고, 이제 뭔가 단단하고 믿을 수 없을 만큼 육중한 느낌이 전해졌다. 그것은 고기의 무게였는데 노인은 여분으로 준비해둔 두 개의 낚싯줄 가운데 하나를 계속 아래로 풀었다. 손가락 사이로 낚싯줄이 가볍게 풀려 내려가는 동안 노인은 엄지와 집게손가락에 거의 아무런 반응도 느껴지지 않았지만 묵직함은 여전히 느낄 수 있었다.

"굉장히 큰 놈이군. 미끼를 옆으로 비스듬히 물고 달아나고 있어."

살짝 긴장한 목소리였다.

노인은 '한 바퀴 돌고 미끼를 삼켜버릴 거야'라고 생각했다. 하지만 이번에는 소리 내어 말하지 않았다. 좋은 일을 입 밖으로 내어 말하면 성사되지 않을 수도 있다는 사실을 알기 때문이다. 그는 놈이 굉장히 큰 고기라는 것을 알고 있었으며, 머리로는 어둠 속에서 다랑어를 비스듬히 물고 달아나려는 모습을 떠올렸다. 그때 움직임이 멈추는 것이 느껴졌지만 무게감은 그대로였다. 그런 뒤 무게감이 더욱 커지자 그는 낚싯줄을 더 풀었다. 잠시 동안 엄지와 집게손가락의 압력을 더욱 팽팽하게 하자 무게감이 늘어나면서 낚싯줄이 똑바로 아래로 내려갔다.

"드디어 먹었군."

노인은 조용히 중얼거렸다.

"그렇다면 더 잘 먹도록 해줘야지."

노인은 손가락 사이로 낚싯줄이 풀려나가게 해놓고 왼손을 뻗어 여분 낚싯줄 두 개의 끄트머리를 옆에 사려놓은 예비 낚싯줄 두 개의 고리에 단단히 묶었다. 이제 준비가 되었다. 지금 사용하고 있는 낚싯줄 말고도 40패덤짜리 낚싯줄을 여분으로 세 개나 더 갖춰놓았다.

"조금만 더 삼켜라. 잘 삼키란 말이다."

노인이 타이르듯 말했다.

'낚싯바늘의 끄트머리가 심장에 박혀 널 죽일 때까지 꿀꺽

삼켜라. 순순히 물 위로 떠올라서 내가 작살로 널 찌를 수 있게 해다오. 옳지! 준비는 되었겠지? 이제 그만하면 실컷 먹었겠지?'

그는 마음속으로 고기를 향해 말했다.

"지금이다!"

노인은 소리 내어 말한 뒤 손뼉을 세게 치고는 90센티미터쯤 낚싯줄을 잡아당겼다. 그런 다음 계속 손뼉을 치면서 팔을 번갈아 앞으로 내밀며 두 팔의 힘과 온몸의 무게를 실어 힘껏 당겼다.

그러나 아무런 일도 생기지 않았다. 고기는 오히려 천천히 달아날 뿐 노인은 놈을 조금도 끌어올릴 수가 없었다. 그의 낚싯줄은 커다란 고기를 낚는 데 알맞게 만들어진 거라서 튼튼했다. 노인은 낚싯줄을 등에다 메고 줄에서 물방울이 튈 정도로 팽팽하게 잡아당겼다. 그러자 물속에서 천천히 쉿쉿 하는 소리가 나기 시작했고, 그는 끌어당기는 힘에 맞서 몸을 뒤로 젖힌 채 여전히 줄을 잡고 있었다. 배는 북서쪽을 향해 천천히 움직이기 시작했다.

고기의 움직임도 계속되었다. 노인의 배와 고기는 잔잔한 바다 위를 천천히 지나갔다. 다른 미끼들은 아직 물속에 있었지만 아무런 반응이 없었다.

"그 애가 여기 있다면 얼마나 좋을까. 지금 고기한테 끌려가고 있으니 내가 닻줄걸이가 됐구나. 이 줄을 어딘가에 단단히 묶어놓을 수도 있지만 그랬다가는 놈이 줄을 끊어버릴지도 몰라. 어떻게 해서든 붙잡고 있다가 필요하면 줄을 좀 풀어줘야 해. 물속으로 내려가지 않고 옆으로 움직여주는 것만도 고마운 일이지."

노인은 줄을 꽉 붙잡은 채 말했다.

'만약 놈이 아래로 내려가겠다고 작정하면 어떻게 하지? 놈이 물속으로 가라앉아 죽기라도 하면 어쩌지? 하지만 그전에 무슨 방도가 생각나겠지. 내가 할 수 있는 일이 있을 거야.'

등에 낚싯줄을 걸친 노인은 줄이 물속에 비스듬히 뻗은 채로 조각배가 북서쪽으로 계속 끌려가는 모습을 지켜보았다.

지금 노인의 머릿속은 온통 고기 생각뿐이었다.

'이러다 결국 죽을 테지. 언제까지 이러고 있을 수는 없을 테니까.'

그러나 네 시간이 지난 후에도 고기는 여전히 배를 끌고 먼 바다로 헤엄쳐가고 있었다. 노인도 여전히 줄을 등에 걸친 채 흔들림 없이 버티고 있었다.

"저놈을 낚은 게 정오쯤이었는데, 아직 그 낯짝도 보지 못했으니."

노인은 고기가 걸리기 전부터 쓰고 있던 밀짚모자에 이마가 쓸렸다. 그리고 목도 말랐다. 그는 무릎을 꿇고 낚싯줄이 휙 당겨지지 않도록 조심하면서 될 수 있는 대로 뱃머리로 가까이 다가가 한 손을 뻗어 물병을 잡았다. 그리고 뚜껑을 열고 물을 조금 마신 뒤 뱃머리에 기대어 잠시 쉬었다. 꽂혀 있지 않은 돛대와 돛위에 앉아 쉬면서 아무 생각도 하지 않고 그저 버티려고 애썼다.

뒤를 돌아보았지만 육지는 보이지 않았다. 노인은 그래도 아무 상관없다고 생각했다.

'아바나에서 비치는 빛을 따라 언제든 항구로 돌아갈 수 있으니까 괜찮아. 해가 지려면 아직 두 시간이나 남았고, 어쩌면 놈이 그전에 올라올지도 모르잖아. 그렇지 않으면 달이 뜰 때까지는 올라오겠지. 또 그때까지도 올라오지 않으면 내일 아침 해가 뜰 때는 올라오겠지.'

몸에 쥐도 나지 않고 아직 기운이 넘쳐흘렀다.

'입에 낚싯바늘이 걸린 건 저놈이야. 그런데도 저렇게 끌어당기다니 대단한 놈이야. 주둥이가 철사에 꽉 걸린 게 틀림없어. 저놈의 낯짝을 꼭 보고 싶은데. 내가 어떤 놈을 상대하고 있는 건지 꼭 한 번 봤으면 좋겠는걸.'

밤하늘에 나타난 별을 보고 판단한 대로라면 고기는 밤새도록 진로나 방향을 바꾸지 않았다. 해가 저물어 기온이 떨어지자 노인의 등과 팔과 노쇠한 다리에 흘렀던 땀이 말라 추위가 몰려왔다. 낮에 미끼 상자를 덮어둔 부대를 햇볕에 널어 말려

놓은 기억이 났다. 해가 지자 그는 등이 덮이도록 그것을 목에 감고 어깨를 가로지르는 낚싯줄 밑으로 조심스럽게 밀어 넣었다. 부대가 낚싯줄에 쿠션 역할을 해주어 뱃머리에 기대 몸을 앞으로 하고 앉아 제법 편안한 자세를 취할 수 있었다. 실제로는 약간 덜해진 것에 불과했지만, 그래도 노인은 제법 편하다고 여겼다.

'지금은 나도 놈을 어떻게 할 도리가 없고 놈도 나를 어쩌지 못해. 저놈이 지금처럼 계속 버티는 한 서로 어쩌지 못할걸.'

노인은 일어나서 뱃전 너머로 오줌을 누고 별을 보면서 진로를 확인했다. 그의 어깨에서 곧장 물속으로 뻗어 내려간 낚싯줄이 마치 한 가닥의 인광처럼 보였다.

이제 배는 훨씬 느린 속도로 나아가고 있었다. 아바나의 불빛이 별로 밝지 않은 것으로 보아 조류가 그들을 동쪽으로 데려가고 있음을 알 수 있었다. 그는 아바나의 불빛이 보이지 않는다면 좀 더 동쪽으로 가고 있는 게 틀림없다고 생각했다. 고기의 진로가 바뀌지 않는다면 불빛을 몇 시간 더 볼 수 있으리란 생각이 들었다.

'오늘 메이저리그 경기는 어떻게 되었을까? 라디오를 들으면서 이러고 있다면 얼마나 멋질까.'

그러다가 노인은 정신을 차려야지 하고 생각했다.

'지금 하고 있는 일에만 집중하자. 어리석은 생각은 그만 집

어치워야 해.'

그때 노인의 입에서 무심코 이런 말이 새어나왔다.

"아! 그 애가 있으면 얼마나 좋을까. 나를 도와주고 이걸 구경할 수도 있을 텐데."

노인은 문득 누구든 늙으면 혼자 있어선 안 된다는 생각이 들었다.

'하지만 어쩔 수 없는 일인걸. 다랑어가 상하기 전에 잊지 말고 꼭 먹고 기운을 내야지. 아무리 먹기 싫어도 아침은 꼭 먹어야 해. 잊어버려선 안 된다고.'

밤중에 돌고래 두 마리가 조각배 주위로 다가와서 뒹굴며 물을 뿜는 소리가 들렸다. 노인은 수컷이 물을 뿜는 소리와 암컷이 한숨 쉬듯 물을 뿜는 소리를 구분할 줄 알았다.

"착한 놈들이야. 같이 놀면서 장난치고 사랑도 하지. 날치와 마찬가지로 우리 형제나 다름없어."

그러다 노인은 낚싯줄에 걸린 큰 고기가 불쌍하다는 생각이 문득 들었다.

'멋지고 이상한 놈이야. 나이를 얼마나 먹었는지도 모르겠고. 이렇게 힘센 놈도 처음이고, 이렇게 이상한 놈도 처음이야. 영리한 놈이라서 날뛰지 않는 건지도 몰라. 놈이 마구 날뛰거나 사납게 돌진이라도 하면 내가 끝장날 거야. 하지만 저놈은 여러 번 낚시에 걸려본 경험이 있어 이럴 때는 어떻게 싸워야 한다는 걸 아는 것 같아. 저하고 싸우는 상대가 겨우 한 명이고 게다가 나이 든 노인이라는 건 까맣게 모를 테지. 어쨌든 굉장한 놈이야. 살이 좋다면 시장에서 값이 얼마나 나갈까? 미끼를 먹는 것도 낚싯줄을 끌어당기는 것도 수컷 같은데, 싸우는 데도 전혀 당황한 기색이 없고 말이야. 저놈한테 무슨 계획이라도 있는 건지, 아니면 나처럼 그저 죽을힘을 다해 싸우고 있는 건지?'

노인은 언제인지 정확히 기억나지 않지만 청새치 한 쌍 중에서 한 마리를 낚은 일이 있었다. 물고기는 언제나 수컷이 암컷에게 먼저 먹이를 먹게 한다. 그때 낚싯바늘에 걸린 것도 암놈이었는데 공포에 질려 맹렬하게 투쟁하느라 곧 지쳐버렸다. 그러는 동안 수컷은 내내 암컷 옆에 붙어 낚싯줄을 넘어다니고 수면에서 동그랗게 원을 그리기도 했다. 노인은 수컷이 너무 바싹 붙어 있어서 낫처럼 날카롭고 크기와 모양도 낫과 비슷한 꼬리로 낚싯줄을 끊어버리지 않을까 걱정스러웠다. 노인은 암컷을 갈고리로 끌어올려 몽둥이로 내리쳤다. 가장자리가 사포처럼 거칠고 양날 칼처럼 날카로운 주둥이를 잡고 몽둥이로 대가리 꼭대기를 마구 휘갈기자 고기가 거울 뒷면의 색깔처럼 변했다. 그러고 나서 소년의 도움으로 암컷을 배 안으로 끌어올렸는데 그때까지도 수컷은 뱃전을 떠나지 않았다. 노인이 낚싯줄을 풀고 작살을 준비하는 동안 수컷은 암컷이 어디 있나 보려고 뱃전 옆에서 공중으로 높이 솟아올라 보랏빛 날개 같은 가슴지느러미를 활짝 펴서 널찍한 보랏빛 줄무늬를 보여주더니 물속 깊이 들어가 버렸다. 노인은 당시를 떠올리며 '참 아름다운 녀석이었어. 그리고 오랫동안 암컷 옆에 남아 있었지'라고 생각했다.

노인에게 그 기억은 청새치를 잡으면서 겪은 가장 슬픈 일이었다. 그때 소년도 함께 슬퍼했고, 두 사람은 암놈에게 용서를 구하고 곧바로 칼질을 해버렸다.

"지금 그 애가 옆에 있다면 얼마나 좋을까."

노인은 또다시 이렇게 말하고 둥근 널빤지에 몸을 기댔다. 어깨를 가로질러 걸친 낚싯줄을 통해 자기가 선택한 방향으로 꾸준히 움직이는 커다란 고기의 힘이 느껴졌다.

노인은 자기 손에 걸려든 이상 쉽게 빠져나가지 못할 거라고 생각했다.

'이놈이 선택한 것은 올가미나 덫이나 계략이 닿지 못하는 먼 바다의 깊고 어두운 물속에서 버티는 거겠지. 내가 선택한 것은 사람이 하나도 없는 곳까지 나가서 놈을 찾아내는 것이고. 세상 사람 그 누구도 닿지 못하는 곳까지 말이야. 그래서 우리는 지금 이렇게 만났고, 정오부터 함께 있는 거지. 너도 나도 도와줄 이 하나 없다고.'

노인은 문득 어부가 되지 말았어야 했다는 생각이 들었다.

'하지만 나는 어부가 되려고 태어났는걸. 날이 밝으면 잊지 말고 꼭 다랑어를 먹어야겠다.'

동이 트기 얼마 전 뒤쪽에 내려놓은 미끼 하나에 뭔가가 걸렸다. 막대기가 부러지면서 낚싯줄이 뱃전 너머로 마구 풀려나가는 소리가 들렸다. 노인은 어둠 속에서 칼집에 든 단검을 꺼내 왼쪽 어깨로 고기의 중량을 버텨내면서 뱃전 나무에 댄 낚싯줄을 끊어버렸다. 그러고 나서 가까이에 있는 다른 줄도 끊어버렸다. 그런 다음 어둠 속에서 예비 낚싯줄의 풀어진 끄트머리를 단단히 묶었다. 그는 한 손으로 솜씨 좋게 이 일을 했고 매듭을 묶는 동안에는 감아놓은 낚싯줄을 한쪽 발로 꽉 누르고 있었다. 예비 낚싯줄은 이제 여섯 개가 되었다. 방금 잘라버린 미끼를 매달았던 것에서 각각 두 개, 지금 큰 고기가 물고 있는 낚싯줄에서 또 두 개로 모두 연결되어 있었다.

노인은 날이 밝으면 40패덤짜리 낚싯줄이 있는 곳으로 가서 그것도 끊어 예비 낚싯줄에 연결해두어야겠다고 생각했다.

'결국 200패덤짜리 질 좋은 카탈루냐 산 줄이랑 낚시에다 목줄까지 잃게 되겠구나. 하지만 그것들은 언제든 새로 구할 수 있어. 그런데 다른 고기를 잡느라고 이놈을 놓친다면 무엇으로 대신한단 말인가! 지금 막 미끼를 문 고기가 어떤 고기인지 모르겠어. 아마 청새치나 황새치나 상어였겠지. 급하게 줄을 잘라내느라 무슨 고기인지 느낄 새도 없었으니까.'

"지금 그 애가 옆에 있다면 얼마나 좋을까."

노인은 소년이 없는 게 아쉬워 이렇게 말했다.

그러나 이내 머리를 흔들며 생각했다.

'하지만 그 애는 여기 없잖아. 지금은 나 혼자뿐이라고. 어둡건 말건 마지막 줄이 있는 데로 가서 그것마저 끊어버리고 예비줄 두 개를 연결해두는 편이 좋겠어.'

노인은 결국 생각을 행동으로 옮겼다. 어두워서 일하기가 힘들었는데, 한번은 고기가 갑자기 움직이는 바람에 앞으로 고꾸라져서 눈 아래가 찢어지기까지 했다. 피가 뺨을 타고 흘렀지만 턱까지 내려오기도 전에 말라버렸다.

노인은 이물 쪽으로 돌아가서 뱃전에 몸을 기대고 쉬었다. 부대의 위치를 매만진 뒤 조심스럽게 낚싯줄을 움직여 다른 쪽 어깨로 옮겼다. 고기가 끌어당기는 힘을 조심스럽게 가늠해본 뒤 손을 물에 담가 조각배가 나아가는 속도를 알아보았다.

노인은 고기가 왜 갑자기 요동쳤는지 생각해보았다.

'틀림없이 철사가 언덕처럼 넓은 등을 스쳤을 거야. 그렇다고 해도 놈의 등은 내 등만큼 아프지 않을 거야. 하지만 저놈이 아무리 커도 이 배를 영원히 끌고 갈 순 없겠지. 이제 문제가 될 만한 일은 전부 해치웠고, 예비 줄도 충분하니 더 이상 바랄 게 없어.'

"고기야, 난 죽을 때까지 너하고 같이 있을 거다."

노인이 부드러운 목소리로 타이르듯 말했다.

그는 '물론 저놈도 나하고 끝까지 같이 있겠지'라고 생각하면서 날이 밝기를 기다렸다.

날이 밝기 전이라 추웠다. 노인은 몸을 따뜻하게 하려고 뱃전에 몸을 댔다. 그러면서 고기가 버티는 데까지는 자신도 버틸 거라고 다짐했다.

날이 밝기 시작하자 낚싯줄이 당겨지면서 물속으로 내려갔다. 배는 계속 움직이고 있었다. 해가 모습을 드러내면서 햇살이 노인의 어깨에 닿았다.

"놈이 북쪽으로 향하고 있구나."

노인은 고개를 끄덕이며 말했다.

'하지만 조류가 우리를 먼 동쪽까지 데려갈 거야. 조류를 따라 고기가 방향을 돌렸으면 좋겠는데. 그건 고기가 지쳤다는 뜻이니까.'

그는 배가 나아가는 방향으로 시선을 두며 생각했다.

해가 더 높이 떠올랐지만 노인은 고기가 지치지 않았다는 것을 깨달았다. 하지만 한 가지 좋은 징조가 엿보였다. 낚싯줄이 기운 걸로 보아 고기가 덜 깊은 곳에서 헤엄치고 있었다. 그렇다고 놈이 반드시 솟아오를 거라고는 장담할 수 없었다. 하지만 그럴 가능성이 아예 없지는 않았다.

"하느님, 제발 저놈이 솟아오르게 해주소서. 이제 저놈을 상대할 낚싯줄은 충분합니다."

노인이 하늘을 우러러보며 말했다.

그때 이런 생각이 떠올랐다.

'내가 줄을 조금만 더 팽팽하게 당겨도 놈은 아파서 솟아오를지도 몰라. 이제 날도 밝았으니 녀석을 솟아오르게 해야겠다. 그러면 등뼈를 따라 붙어 있는 부레에 공기가 가득 차서 깊은 물속이라도 죽는 일이 없겠지.'

노인은 낚싯줄을 좀 더 당겨보려고 애썼지만 줄은 고기가 처음 미끼를 물었을 때부터 끊어지기 직전의 팽팽한 상태였다. 몸을 뒤로 젖혀 줄을 당기자 고기의 강력한 반응이 느껴져 더 이상 잡아당길 수가 없었다. 그는 절대 잡아당겨서는 안 된다고 생각했다.

'휙 잡아당길 때마다 낚시에 찢긴 상처가 더 벌어질 것이고, 그러면 고기가 솟아오를 때 바늘이 빠질지도 몰라. 어쨌든 해가 뜨니까 몸이 한결 낫구나. 기분도 나아지는 것 같아. 이번에는 해를 똑바로 바라보지 않아도 되고.'

낚싯줄에는 누런 해초가 걸려 있었는데, 노인은 고기가 그것까지 끌고 가려면 더 힘들 거라는 생각에 기분이 좋아졌다. 밤새 인광을 발산하고 있었던 것은 바로 모자반속 해초였다.

"고기야, 난 너를 아주 좋아하고 존경한단다. 하지만 오늘이 지나기 전에 반드시 너를 죽이고야 말겠다."

노인은 그렇게 되기를 진심으로 바랐다.

그때 작은 새 한 마리가 북쪽에서 배를 향해 날아왔다. 휘파람새는 수면 가까이서 낮게 날고 있었다. 노인이 보기에 새는 무척 지쳐 있었다.

새는 배의 고물 쪽으로 날아와 쉬었다. 그러고 나서 노인의 머리 위를 빙빙 돌더니 좀 더 편안한 낚싯줄 위에 가서 앉았다.

"넌 몇 살이니?"

노인이 새에게 물었다.

"이번이 첫 번째 여행이냐?"

노인이 재차 말을 걸자 새가 쳐다보았다. 새는 너무 지쳐서 낚싯줄을 살펴볼 겨를도 없이 가냘픈 발가락으로 줄을 꽉 움켜잡은 채 불안정하게 흔들거리고 있었다.

노인은 새에게 다시 말을 걸었다.

"줄은 튼튼하단다. 너무 튼튼해서 탈이야. 간밤에 바람 한 점 불지 않았는데 이렇게 지치다니. 새들은 결국 어떻게 되는 걸까?"

노인은 매들이 저런 새들을 찾아 바다로 나오는 거라고 생각했다. 하지만 새한테는 그 말을 하지 않았다. 말해봤자 알아듣지도 못할 테고, 얼마 지나지 않아 저 새도 매의 존재를 알게 될 테니 말이다.

"푹 쉬어라, 작은 새야. 그리고 어디든 날아가서 사람이나 고기처럼 모험을 해보려무나."

노인은 새마저 가버리지 않을까 걱정스러워 낮은 목소리로 말했다.

밤새 낚싯줄을 걸치고 있었더니 등이 뻣뻣해지고 이제는 통증이 너무 심해 그걸 잊으려고 자꾸 말을 하게 되었다.

"새야, 너만 좋다면 내 집에 계속 머물러도 된다. 지금 미풍이 불어오고 있는데 돛을 올리고 너를 육지로 데려다 주지 못해 미안하구나. 지금 나는 친구와 함께 있거든."

그때 고기가 갑자기 요동치는 바람에 노인은 이물 쪽으로 고꾸라지고 말았다. 몸으로 버티면서 줄을 조금 느슨하게 풀지 않았더라면 물속으로 끌려 들어갈 뻔했다.

낚싯줄이 홱 당겨질 때 새는 날아가 버렸지만 노인은 그것을 보지 못했다. 오른손으로 조심스럽게 줄을 만지던 그는 손에서 피가 흐르는 것을 알아차렸다.

"뭔가 저 고기를 아프게 했군."

노인은 이렇게 말한 뒤 고기의 방향을 돌릴 수 있는지 알아보려고 줄을 당겼다. 줄이 끊어지기 직전까지 팽팽하게 당겨지자 그는 줄을 꽉 잡은 채 뒤로 누워 버텼다.

"고기야, 너도 이젠 느끼고 있구나. 나도 마찬가지다."

그는 이를 악문 채 말했다.

그러고 나서 새가 같이 있어주었으면 좋겠다는 생각에 사방을 둘러보았다. 새는 이미 날아가 버리고 없었다. 노인은 새가 얼마 있지도 않고 가버렸다는 생각이 들어 아쉬웠다.

'하지만 해안에 닿을 때까지는 더 험난한 일을 겪어야 할 거야. 고기가 한 번 휙 잡아당겼다고 손에 상처가 나다니 도대체 어떻게 된 거지? 내가 멍청해진 게 분명해. 아니면 작은 새를 쳐다보고 있었거나 그 새를 생각하고 있었겠지. 이제는 내 일에만 정신을 쏟아야겠어. 그리고 기운이 다 빠지지 않도록 다랑어를 먹어둬야지.'

"그 애가 여기 있다면 좋으련만. 그리고 소금도 좀 있으면 얼마나 좋을까."

노인은 아쉬운 마음에 또 이렇게 말했다.

낚싯줄의 무게를 왼쪽 어깨로 옮긴 뒤, 노인은 조심스럽게 무릎을 꿇고 바닷물에 한 손을 씻었다. 일 분 넘게 손을 물에 담근 채 피가 꼬리 모양으로 흘러가는 모습과 배가 계속 움직이는 동안 손에 물살이 부딪히는 모습을 지켜보았다.

"저놈이 한결 느려졌군."

그는 낮은 목소리로 중얼거렸다.

노인은 좀 더 오랫동안 물에 손을 담그고 싶었지만 고기가 또 갑자기 요동칠까 두려워 몸을 일으키고 단단히 버티고 선 채로 해를 향해 손을 들었다. 낚싯줄에 살이 약간 베인 것뿐이었다. 하지만 상처가 난 곳은 손에서도 가장 많이 사용하는 부분이었다. 노인은 이 일을 끝내기 전까지는 이 손이 필요하다는 것을 잘 알고 있던 터라 미처 일을 시작하기도 전에 손을 다쳤다는 사실이 마음에 들지 않았다.

"자. 이제 다랑어 새끼를 먹어야겠다. 갈고리대로 끌어다가 여기서 편하게 먹어야지."

손이 마른 것을 확인한 뒤 그는 이렇게 말했다.

노인은 무릎을 꿇고 갈고리대로 고물 아래쪽에서 다랑어를 찾았고, 사려놓은 낚싯줄에 닿지 않도록 조심하면서 자기 앞으로 끌어당겼다. 다시 왼쪽 어깨로 줄을 옮겨 메고 왼쪽 손과 팔로 버티면서 다랑어를 빼낸 갈고리대는 제자리에 놓았다. 그리고 한쪽 무릎으로 고기를 누르고 뒤통수에서 꼬리까지 세로로 길게 검붉은 살점을 잘랐다. 등뼈에서 배 가장자리까지 쭉 쐐기 모양으로 잘라냈다. 그것을 다시 여섯 조각으로 잘라서 이물 판자 위에 펴놓은 뒤 칼을 바지에 문질렀다. 다랑어의 남은 뼈대는 꼬리 쪽을 잡아 뱃전 너머로 던져버렸다.

"한쪽을 통째로 다 먹을 수 있을 것 같지는 않은데……."

노인은 이렇게 말하고 토막 낸 살점을 칼로 잘랐다. 고기가 여전히 줄을 끌어당기고 있다는 것을 느낀 순간 왼손에 쥐가 났다. 무거운 줄을 잡은 손이 꽉 오그라들고 있었다. 그는 화가 난 표정으로 손을 쳐다보았다.

"도대체 무슨 놈의 손이 이 모양이야. 쥐가 날 테면 나라지.

새 발톱처럼 오그라들 테면 그러라지. 그래 봐야 아무 소용도 없을 테니까."

속상한 마음에 언성을 높이며 말했다.

노인은 어떤 상황인지 살피려 어두운 물속으로 비스듬하게 드리워진 낚싯줄을 내려다보았다.

'지금 다랑어를 먹으면 손에 힘이 날 거야. 손의 잘못은 아니잖아. 네가 고기와 씨름한 지도 벌써 여러 시간이 지났으니까. 하지만 넌 언제까지라도 저놈과 싸울 수 있어. 이제 다랑어를 먹어둬야겠군.'

노인은 살점을 하나 입안에 넣고 천천히 씹었다. 맛이 그리 나쁘지는 않았다.

그는 다랑어 살점을 씹으며 생각했다.

'잘 씹어서 육즙까지 전부 섭취해야지. 이럴 때 라임이나 레몬이나 소금이 있으면 훨씬 먹을 만할 텐데.'

"손아, 좀 어떠냐?"

노인은 근육이 수축하여 뻣뻣해진 손에게 물었다.

"너를 위해 좀 더 먹어야겠다."

이렇게 말하더니 그는 두 쪽으로 잘라둔 것 중 남은 하나를 먹기 시작했다. 그리고 조심스럽게 씹다가 껍질을 뱉어냈다.

"손아, 좀 효력이 있는 것 같으냐? 아직 일러서 잘 모르겠니?"

노인은 다른 토막 하나를 집어 통째로 씹었다.

'다랑어는 기운이 넘치는 고기지. 만새기 대신 다랑어가 걸린 게 다행이야. 만새기는 너무 달거든. 다랑어는 단맛이 거의 없고 아직도 기운이 넘친단 말이야.'

그는 음식물을 씹으며 생각했다.

'뭐든 실용적이지 않으면 아무 소용이 없다고. 한데 소금이 조금만 있으면 좋으련만. 남은 고기가 햇볕에 썩거나 말라버릴지도 모르니 배가 고프지 않아도 지금 먹어두는 게 좋겠어. 물속의 저놈이 여전히 침착한 걸 보니 나도 마저 먹고 준비를 갖춰야겠어.'

"손아, 조금만 참아다오. 널 위해서 먹는 거니까."

그는 다친 손을 바라보며 말했다.

'물속에 있는 저놈한테도 먹을 걸 줬으면 좋겠는걸. 저놈하고 나는 형제간이니까. 하지만 나는 저놈을 꼭 죽여야 하고, 그러려면 더 기운을 내야 한다고.'

노인은 이런 생각을 하며 쐐기 모양의 생선 조각을 천천히 씹어 전부 먹어치웠다.

그러고 나서 허리를 쭉 펴고 손을 바지에 닦았다.

"자, 이제 넌 줄을 놔도 된다. 네가 바보 같은 짓을 그만둘 때까지 오른손으로 네 놈을 다룰 테니까."

이렇게 말한 뒤 노인은 왼손으로 잡고 있던 무거운 낚싯줄을 왼발로 밟고는 등으로 전해지는 저항을 뒤로 젖히면서 버텼다.

"하느님, 제발 쥐가 풀리도록 도와주십시오. 고기가 언제 무슨 짓을 할지 도무지 알 수 없으니까요."

그는 간절한 마음을 담아 말했다.

'저놈은 침착하게 계획대로 하고 있는 것 같군.'

노인은 숨을 몰아쉬며 생각했다.

'그런데 저놈의 계획이란 게 대체 뭘까. 내 계획은 또 뭐고? 저놈이 엄청나게 크니까 내 계획은 저놈의 계획에 맞춰 그때마다 만들어낼 수밖에 없겠어. 놈이 물 위로 솟아오르기만 하면 죽일 수 있는데…… 계속 물속에서 버티고 있으니. 그렇다면 나도 저놈과 함께 끝까지 버텨볼 테다.'

노인은 쥐가 난 손을 바지에 대고 문질러서 손가락을 부드럽게 풀어보려고 애썼다. 하지만 손은 펴지지 않았다. 그는 해가 뜨면 펴질 거라고 생각했다.

'방금 먹은 기운 넘치는 날다랑어가 소화되면 펴질 거야. 이손을 꼭 써야 할 때가 온다면 무슨 수를 써서라도 펼 거야. 하지만 지금은 억지로 펴고 싶지 않아. 저절로 펴져서 원래 상태로 돌아가게 해야지. 간밤에 낚싯줄을 풀고 매고 하면서 이 손을 잔뜩 부려먹었잖나.'

노인은 바다 저편을 바라보다가 지금 자기가 얼마나 외로운 처지인지를 깨달았다. 하지만 깊고 어두운 물속의 프리즘 현상이 보였고, 앞으로 팽팽하게 뻗은 낚싯줄과 잔잔한 바다에 이는 이상한 파동이 보였다. 이제 무역풍이 몰려오려는 듯 구름이 모여들고 있었다. 앞쪽을 보니 바다 위 하늘에서 물오리 떼가 사라졌다가 흐려졌다가 다시 나타나면서 하늘을 날아다니고 있었다. 그 순간 노인은 어느 누구도 바다에서는 외롭지 않다는 것을 알았다.

노인은 사람들이 작은 배를 타고 육지가 보이지 않는 먼 바다까지 나오는 것을 무서워한다는 사실이 떠올랐다. 갑자기 날씨가 나빠지는 계절이라면 맞는 말이라고 생각했다. 하지만 지금은 허리케인이 부는 계절이고, 만약 허리케인이 몰려오지 않는다면 일 년 중 날씨가 가장 좋은 시기였다.

허리케인이 몰려올 때 바다에 있으면 며칠 전부터 하늘에 그 조짐이 나타나기 마련이다. 노인은 육지에서 그것을 알아차리지 못하는 이유는 뭘 봐야 할지 모르기 때문이라고 생각했다. 육지에서도 구름 모양이 바뀌는데 말이다. 어쨌든 지금은 허리케인의 조짐이 보이지 않는다.

하늘을 보니 친근한 아이스크림 같은 하얀 뭉게구름이 보였고, 더 높은 곳에는 9월의 하늘을 배경으로 가느다란 새털구름이 떠 있었다.

"가벼운 브리사(brisa, '가벼운 바람' '미풍'을 뜻하는 스페인어—옮긴이)구나. 고기야, 너보다는 나한테 유리한 날씨로구나."

얼굴에 가벼운 바람을 맞으며 말했다.

노인은 왼손에 아직 쥐가 풀리지 않은 상태여서 천천히 손을 풀어주고 있었다.

그는 쥐가 나는 게 질색이었다. 쥐가 난다는 건 몸한테 배신을 당하는 거라고 여겼기 때문이다.

다른 사람들 앞에서 프토마인(동물의 시체가 부패할 때 단백질의 분해 과정에서 생기는 유독성 물질을 통틀어 이르는 말—옮긴이) 중독으로 설사를 한다거나 구토하는 것은 창피한 일이다. 그런데 노인은 쥐가 나는 것, 즉 '칼람브레(calambre, 경련을 뜻하는 스페인어—옮긴이)'는 특히 혼자 있을 때 창피한 일이라고 생각했다.

'만약 소년이 지금 옆에 있다면 팔뚝 아래부터 주물러서 쥐를 풀어주었을 텐데.'

그는 소년을 찾다가 결국에는 손이 풀릴 거라고 스스로 위로했다.

그때 오른손으로 잡고 있는 줄이 이전과는 끌려가는 힘이 확연히 달라진 것을 느꼈고, 뒤이어 물속에 드리워진 낚싯줄의 기울기가 바뀌는 것을 보았다. 노인이 몸으로 낚싯줄의 힘을 버티면서 재빠르게 왼손을 허벅지에 세게 내리치자, 줄이 비스듬하게 천천히 물 위로 올라오는 것이 보였다.

"저놈이 올라오는군. 손아, 힘내라. 어서 힘을 내라고."

그는 다급한 마음에 이렇게 소리쳤다.

낚싯줄이 천천히 계속해서 올라왔다. 그러더니 갑자기 배의 앞쪽 수면이 부풀어 오르면서 고기가 모습을 드러냈다. 수면 위로 올라오는 고기 주위로 물이 쏟아져 내렸다. 고기는 햇빛을 받아 환하게 빛났고, 머리와 등은 짙은 자줏빛이었으며, 햇빛에 옆구리의 넓은 연보랏빛 줄무늬가 드러났다. 주둥이는 야구 방망이만큼 길고 양날 칼처럼 끝으로 갈수록 뾰족했다. 고기는 물 밖으로 전신을 드러냈다가 다이빙 선수처럼 유유히 물속으로 사라졌다. 노인은 낫 모양의 커다란 꼬리가 물속으로 들어가는 것과 낚싯줄이 재빨리 풀려나가는 것을 물끄러미 쳐다보았다.

"이 배보다 60센티미터 정도 더 길겠는걸."

노인은 눈으로 고기의 크기를 가늠해보았다. 줄이 풀려나가는 속도가 빠르기는 하지만 일정하게 풀려나가는 것으로 보아 고기가 당황한 것 같지는 않았다. 노인은 두 손으로 줄이 끊어지지 않을 정도만 당겨보려고 애썼다. 계속 줄을 잡아당겨 속도를 늦추지 않으면 고기가 줄을 전부 다 끌고 가서 끊어버릴 수도 있었다.

노인은 굉장한 녀석이라며 자신도 절대 만만치 않다는 사실을 보여줘야겠다고 생각했다.

'제 힘이 얼마나 센지, 또 얼마든지 달아날 수 있다는 것을 알게 해서는 안 돼. 내가 저놈이라면 지금 당장 뭔가가 끊어질 때까지 달려갈 텐데. 하지만 다행히도 저놈은 물고기를 죽이는 우리 인간만큼 똑똑하지 못하거든. 물론 우리 인간보다 훨씬 기품이 있고 유능하긴 하지만 말이야.'

그동안 노인은 큰 고기를 수없이 보아왔다. 450킬로그램 이상 나가는 고기도 여러 번 보았고, 비록 혼자 잡은 것은 아니었지만 그만 한 고기를 직접 잡은 적도 두 번이나 있었다. 그런데 지금은 육지도 보이지 않는 먼 바다에서 그것도 혼자서 평생 보거나 들어본 것보다 더 큰 고기와 힘을 겨루는 중이다. 게다가 왼손은 쥐가 나서 아직도 매 발톱처럼 오그라든 상태였다.

그러나 그는 쥐가 풀릴 거라고 생각했다.

'틀림없이 쥐가 풀려서 오른손을 도와줄 거야. 형제간이라고 할 수 있는 것이 세 가지가 있는데, 바로 저 물고기와 내 두 손이지. 그러니 머지않아 쥐가 풀릴 거야. 하필이면 이럴 때 쥐가 나다니.'

고기는 다시 속도를 늦추더니 예전 속도로 움직이고 있었다.

노인은 고기가 어째서 솟아오른 건지 궁금했다.

'제가 얼마나 큰지 보여주려고 솟아오른 모양이군. 하여튼 얼마나 큰 놈인지 알았으니 이번엔 내가 어떤 사람인지 보여줄 수 있으면 좋겠는데 말이야. 하지만 그렇게 되면 저놈은 쥐가 난 내 손을 보게 되겠지. 여하간 내가 실제보다 더 강한 사람이라고 생각하도록 만들어야 돼. 꼭 그렇게 해야 한다고. 내 의

지와 지혜에 맞서 싸우는 저놈처럼 되어보고 싶어.'

노인은 편안하게 뱃전에 기댄 채 고통을 견뎠다. 고기는 여전히 헤엄치고 있었고 배는 시퍼런 바닷물을 헤치며 천천히 움직였다. 동쪽에서 바람이 불어와 파도가 약간 일기 시작했고, 정오가 되자 노인의 왼손에 났던 쥐도 서서히 풀리기 시작했다.

"고기야, 너에게는 안 좋은 소식이구나."

노인은 이렇게 말하면서 어깨에 두른 부대 위로 낚싯줄을 천천히 옮겼다.

자세는 편안했지만 고통은 여전했다. 하지만 그는 그 고통을 조금도 인정하려 들지 않았다.

"저는 신앙이 없습니다. 하지만 이 고기를 잡게 해주신다면 주기도문과 성모송을 열 번씩 외우겠습니다. 정말로 고기를 잡게 된다면 코브레의 성모 마리아님을 참배하겠다고 약속합니다. 맹세하겠습니다."

노인은 기계적으로 기도문을 외우기 시작했다. 너무 피곤해서 가끔 기도문이 기억나지 않았는데 그럴 때면 다음 구절이 자동으로 나오도록 빠르게 외웠다. 그는 성모송이 주기도문보다 외우기 쉽다고 생각했다.

"은총이 가득하신 마리아님, 기뻐하소서! 주님께서 함께 계시니 여인 중에 복되시며 태중의 아들 예수님 또한 복되시나이다. 천주의 성모 마리아님, 이제와 저희 죽을 때에 저희 죄인을 위하여 빌어주소서. 아멘."

그러고 나서 노인은 덧붙였다.

"복되신 마리아님, 이 고기의 죽음을 위하여 기도해주소서. 훌륭한 고기이긴 합니다만."

기도를 마치고 나자 기분이 한결 나아졌지만 고통은 그대로였다. 어쩌면 더 심해진 것도 같았다. 노인은 이물의 판자에 기댄 채 기계적으로 왼쪽 손가락을 움직이기 시작했다.

미풍이 불긴 했지만 햇볕은 여전히 따가웠다.

"고물 쪽 짧은 낚싯줄에 미끼를 새로 끼워놓는 게 좋겠어. 저놈이 하룻밤 더 버틸 생각이라면 나도 뭔가 먹어둬야 할 테니까. 병의 물도 거의 떨어져 가고 있군. 그런데 여기서는 만새기밖에 잡힐 것 같지 않네. 하지만 그거라도 싱싱할 때 먹으면 나쁘지 않겠지. 오늘 밤에 날치가 배로 날아와 주면 좋을 텐데. 하지만 날치를 끌어들일 만한 불빛이 없군. 날치는 날로 먹으면 맛이 좋고 토막 낼 필요도 없는데 말이야. 이제 최대한 힘을 아껴야겠어. 빌어먹을! 저놈이 이렇게 큰 줄 어떻게 알았겠어!"

노인은 계속해서 중얼거렸다.

"하지만 저놈을 꼭 잡고야 말겠어. 아무리 크고 굉장한 놈이라도 말이야."

그는 마음을 다잡으려는 듯 큰 소리로 말했다.

그러다가 노인은 고기를 죽이는 게 옳지 않은 일이라는 생각이 들었다. 하지만 인간이 얼마나 일을 잘할 수 있는지, 또 얼마나 잘 참을 수 있는지 꼭 보여주고 싶었다.

"나는 그 애한테 나 자신이 별난 늙은이라고 말하곤 했잖아. 지금이야말로 그 말을 증명할 때라고."

그는 여전히 중얼거렸다.

지금까지 수천 번 증명해 보였지만 그건 이제 아무 소용도 없다. 지금 그는 또다시 그것을 증명해 보이려 하고 있다. 그것을 증명할 때는 매 순간이 처음 순간이고, 과거는 전혀 생각하지 않는다.

노인은 '녀석이 잠들면 좋겠는데, 그럼 나도 잠을 자고 사자꿈을 꿀 수 있을 텐데'라고 생각했다. 그는 마음속으로 자신에게 말을 걸었다.

'왜 사자들만 자꾸 기억에 떠오르는 걸까? 그런데 늙은이야, 이제 생각은 그만해. 뱃전에 기대어 쉴 때는 쓸데없는 생각일랑 하지 말라고. 저놈은 지금도 계속 움직이고 있잖아. 그러니 되도록 힘을 아껴두라고.'

오후로 접어들었지만 배는 여전히 흔들림 없이 천천히 움직이고 있었다. 그러나 동쪽에서 불어오는 미풍 때문인지 약간의 저항이 더해졌다. 배는 잔잔한 바다를 부드럽게 나아갔고, 등에 걸친 낚싯줄이 주는 통증도 한결 줄어들었다.

오후가 되자 한 차례 낚싯줄이 올라오긴 했지만, 고기는 좀 더 올라온 곳에서 계속 헤엄칠 뿐이었다. 햇볕이 노인의 왼팔과 어깨와 등에 내려앉았다. 그러자 노인은 고기가 북동쪽으로 방향을 돌렸다는 것을 알았다.

노인은 이미 한 번 보았기 때문에 고기가 자줏빛 가슴지느러미를 날개처럼 활짝 펴고 커다랗고 꼿꼿한 꼬리를 세운 채 어두운 물속을 가르면서 나아가는 모습을 머릿속으로 그려볼 수 있었다. 그는 아주 깊은 물속에서 고기의 눈이 얼마나 잘 보일까 생각했다. 녀석의 눈은 무척 크지만, 말(馬)은 그보다 훨씬 더 작은 눈을 갖고도 어둠 속에서 잘 볼 수 있다.

'나도 예전에는 어두운 곳에서도 잘 볼 수 있었지. 칠흑처럼 깜깜한 데서는 보이지 않았지만. 어쨌든 고양이만큼은 볼 수 있었어.'

햇살도 내리쬐고 손가락을 열심히 움직인 덕분인지 왼손에 난 쥐가 완전히 풀렸다. 왼손으로 좀 더 힘을 옮겨 싣기 시작하면서 등의 근육을 조금씩 움직여 줄이 주는 아픔을 달래려고 애썼다.

"고기야, 네가 지금도 전혀 지치지 않았다면 별난 놈이 틀림없구나."

노인은 몹시 지쳐 있는 데다가 곧 밤이 다가오리라는 것을 잘 알고 있었으므로 다른 일을 생각하려고 애썼다. 그는 메이

저리그를 떠올렸는데, 스페인어로 '그란 리가스'라고 부르는 게 더 친숙했다. 노인은 뉴욕 양키스 팀과 디트로이트 타이거즈 팀의 시합이 있다는 것을 알고 있었다. 그는 '경기 결과를 모르고 지낸 지도 오늘이 이틀째구나'라고 생각했다.

노인은 자신에게 물었다.

'하지만 믿음을 가져야 해. 발뒤꿈치에 뼈돌기가 자라 아픈데도 멋진 경기를 보여주는 위대한 디마지오 못지않은 사람이 되어야만 해. 그런데 뼈돌기란 게 과연 뭘까?'

그러더니 이번에는 자기 물음에 대답했다.

'운 에스푸엘라 데 우에소(un espuela de hueso). 우리에게는 그런 병이 없는데 말이야. 싸움닭의 뒤꿈치에 쇠발톱을 박은 것만큼이나 아플까? 나라면 그런 아픔을 참을 수 없을 거야. 싸움닭처럼 한쪽 또는 양쪽 눈이 다 빠지고도 계속 싸우지 못할 거야. 인간은 훌륭한 새나 짐승과 비교하면 그리 대단한 존재가 아니잖아. 나는 차라리 컴컴한 바닷속에 사는 저런 놈이 되고 싶어.'

그리고 중얼거리듯 말했다.

"상어가 오지 않는다면 말이야. 만약 상어가 나타나면 저놈이나 나나 불쌍한 신세가 되겠지."

그때 문득 이런 생각이 들었다.

'위대한 디마지오 선수는 내가 저놈과 맞서고 있는 것만큼 오랫동안 고기와 맞설 수 있을까? 아마 젊고 힘이 세니까 틀림없이 맞설 수 있을 거야. 게다가 그의 아버지도 어부였잖아. 그런데 뼈돌기는 몹시 아프겠지?'

"나야 모르지. 나는 뼈돌기가 난 적이 없으니까."

이번에도 그는 무심코 소리 내어 말했다.

해가 저물자 노인은 자신감을 북돋우려고 카사블랑카에 있는 술집에서 시엔푸에고스(쿠바에 있는 항구 도시—옮긴이) 출신의 흑인과 팔씨름했던 일을 떠올렸다. 부두에서 가장 힘이 센 사람이었다. 그들은 테이블에 백묵으로 그은 선 위에 팔꿈치를 꼿꼿이 올려놓고 손을 꽉 움켜잡은 채 하루 낮과 밤을 새웠다. 두 사람은 서로 상대방의 손을 테이블 위에 넘어뜨리려고 애썼다. 많은 사람이 이 시합에 돈을 걸었고, 등유 불빛 아래서 구경꾼들이 들락날락했다. 그는 흑인의 팔과 손과 얼굴을 쳐다보았다. 시합이 시작된 지 여덟 시간이 지나자 심판이 잠을 자기 위해 네 시간마다 교체되었다. 두 사람의 손톱 밑에서는 피까지 비어져 나왔다. 두 사람은 상대방의 눈과 손과 팔뚝을 쳐다보았고, 돈을 건 사람들은 들락날락하거나 벽에 기대어놓은 높다란 의자에 앉아서 지켜보았다. 나무로 된 벽은 밝은 파란색으로 칠해져 있었는데, 램프 불빛이 벽에 두 사람의 그림자를 비추었다. 흑인의 그림자는 엄청나게 컸다. 램프 불빛이 미풍에 흔들릴 때마다 벽의 그림자도 함께 흔들렸다.

밤새도록 엎치락뒤치락하면서 박빙의 승부가 펼쳐지자 사람들은 흑인에게 럼주를 먹이고 담뱃불을 붙여주었다. 럼주를 마신 흑인은 순간 엄청난 힘을 내더니 노인을, 아니 그때는 노인이 아니라 '엘 캄페온(el campeon, 투사, 승자—옮긴이)' 산티아고의 팔을 8센티미터 정도 눕혔다. 그러자 노인은 죽을힘을 다해 위로 팔을 올렸다. 그는 자신이 훌륭한 남자이며 운동신경이 뛰어난 흑인을 이길 수 있다는 확신이 생겼다. 날이 밝아오면서 돈을 건 사람들이 무승부로 하자고 했지만, 심판은 고개를 가로저었다. 그런데 바로 그때 노인은 있는 힘을 다해 흑인의 손을 점점 밀어 마침내 테이블 위에 눕혔다. 시합은 일요일 아침에 시작해서 월요일 아침에야 끝났다.

돈을 건 사람들이 무승부로 하자고 했던 이유는 대부분 부두로 나가 설탕 부대를 내리거나 아바나 석탄 회사에 일하러 가야 했기 때문이다. 그러지 않았다면 누구든 시합이 끝까지 가기를 원했을 것이다. 어쨌든 노인은 사람들이 일하러 가야 할 시간이 되기 전에 시합을 끝냈다.

그 일이 있은 직후 오랫동안 사람들은 그를 챔피언이라고 불렀고, 봄에는 복수전까지 있었다. 그러나 이번에는 많은 돈이 걸리지 않았고 첫 시합에서 시엔푸에고스 출신 흑인의 자신감을 꺾어놓은 덕분에 쉽게 이길 수 있었다. 그 후 몇 차례 시합이 벌어졌지만 더는 하지 않았다. 마음만 먹으면 누구든 이길 자신이 있었고 고기잡이를 해야 하는 오른손에 팔씨름이 해롭다고 생각했기 때문이다. 연습 삼아서 왼손으로 시합을 몇 번 해보기도 했지만 왼손은 언제나 그를 배신했다. 그러자 그는 왼손을 믿지 않게 되었다.

노인은 은근 걱정이 되기 시작했다.

'해가 손을 녹여주겠지. 밤에 너무 추워지지만 않으면 다시 쥐가 나진 않을 거야. 오늘 밤에는 무슨 일이 벌어질지 정말 궁금한데.'

그때 마이애미로 가는 비행기가 머리 위를 지나갔다. 노인은 비행기 그림자에 놀라 날치 떼가 솟아오르는 것을 지켜보았다.

"날치가 저렇게 많은 걸 보니 만새기가 있겠군."

노인은 이렇게 말하고 고기가 걸린 낚싯줄을 끌어당길 수 있는지 보려고 몸을 뒤로 젖혀보았다. 그러나 줄은 여전히 팽팽한 채 조금도 당겨지지 않았고 금방이라도 끊어질 듯 물방울이 튀었다. 배는 계속 천천히 앞으로 나아가고 있었으며, 노인은 비행기가 보이지 않게 될 때까지 하늘을 올려다보았다.

그러다가 노인은 비행기에 타고 있으면 기분이 이상할 거라는 생각이 들었다.

'저렇게 높은 곳에서는 바다가 어떻게 보일까? 너무 높이 날지만 않는다면 고기가 보일 거야. 한 400미터쯤 되는 높이에서 천천히 날면서 고기들을 내려다보고 싶다. 거북잡이 배를 탈 때 돛대 꼭대기의 가름대에 올라가서 바다를 내려다본 적이 있는데, 그 정도 높이에서도 많은 게 보였지. 만새기는 더 짙은 녹색으로 보였고 줄무늬와 자줏빛 반점도 보였지. 고기 떼가 헤엄쳐가는 모습도 보였어. 어두운 조류에서 빠르게 헤엄치는 물고기들은 왜 죄다 자줏빛 등에다 자줏빛 줄무늬나 반점을 가지고 있는 걸까? 물론 만새기는 실제로 황금빛이어서 초록색으로 보이지. 하지만 정말 배가 고파서 먹이를 쫓아갈 때는 청새치처럼 옆구리에 자줏빛 줄무늬가 생긴다고. 그건 화가 나서 그런 걸까, 아니면 너무 빨리 달려서 그런 걸까?'

날이 어두워지기 직전에 배는 커다란 섬처럼 떠 있는 모자반 속 해초를 지나쳤는데, 마치 바다가 누런 담요 아래서 무언가와 사랑을 나누는 모습처럼 느껴졌다. 그때 짧은 낚싯줄에 만새기 한 마리가 물렸다. 노인이 그 만새기를 처음 본 것은 공중으로 솟아올라 마지막 햇살에 황금색을 드러낸 채 몸을 뒤틀며 정신없이 날뛸 때였다.

겁에 질린 만새기는 곡예를 하듯 계속해서 솟아올랐다. 노인은 고물 쪽으로 돌아가 몸을 웅크리고는 오른손과 팔로 굵은 낚싯줄을 잡고 왼손으로 만새기가 걸린 줄을 잡아당겼다. 당길 때마다 끌려오는 줄을 맨발로 밟았다. 고기가 필사적으로 날뛰면서 고물 쪽으로 끌려오자, 노인은 고물 너머로 몸을 내밀어 자줏빛 반점이 박혀 있고 황금빛으로 빛나는 고기를 배 안으로 들어올렸다.

만새기는 낚시에서 벗어나려고 턱을 발작적으로 빠르게 움직였다. 길고 납작한 몸뚱이와 꼬리, 대가리로는 뱃바닥을 마구 쳐댔다. 노인이 황금빛으로 빛나는 대가리를 몽둥이로 내리치자 몸을 떨더니 이내 조용해졌다.

노인은 만새기의 주둥이에서 낚시를 빼낸 뒤 정어리를 달아 물속에 던졌다. 그러고 나서 천천히 이물 쪽으로 돌아왔다. 그는 왼손을 물에 씻고 바지에 닦았다. 그런 다음에는 무거운 낚싯줄을 왼손으로 옮겨 쥐고 오른손을 물에 씻으면서 해가 바닷속으로 내려앉는 모습과 굵은 낚싯줄이 비스듬하게 드리워진 모습을 바라보았다.

"저놈은 조금도 달라지지 않는군."

그러나 손을 대고 물살의 모양을 살펴보니 속도가 눈에 띄게 줄어들어 있었다.

"고물에 노 두 개를 가로질러 묶어놓으면 밤에 저놈의 속도가 느려질 거야. 저놈은 오늘 밤에도 끄떡없을 테고 나도 마찬가지야."

이렇게 혼잣말을 하다가 그는 잡힌 고기를 보며 생각했다.

'만새기의 살에 피가 돌아 싱싱하게 먹으려면 좀 더 있다가 내장을 빼내는 게 좋겠어. 조금 있다가 칼질을 하면서 동시에 저놈이 끌기 어렵게 노를 묶어두자. 지금은 해 질 무렵이니까 저놈을 조용히 내버려두고 방해하지 않는 게 좋아. 어떤 고기든 해 질 무렵에는 다루기가 힘들어지니까 말이야.'

노인은 바람에 손을 말린 후 다시 줄을 잡고 되도록 편안한 자세로 뱃전에 기댔다. 고기가 끌고 나가는 힘을 자신보다 배가 더 많이 받도록 말이다.

노인은 이제 요령을 터득하기 시작했다는 생각이 들었다.

'어쨌든 이런 식으로 하면 되겠지. 저놈은 미끼를 문 뒤로 아무것도 먹지 못했어. 덩치가 커서 먹는 양이 엄청날 텐데 말이야. 하지만 나는 다랑어 한 마리를 다 먹었다고. 내일은 만새기를 먹을 거고.'

노인은 만새기를 스페인어로 '도라도'라고 불렀다.

'내장을 뺄 때 조금 먹어둬야겠어. 물론 다랑어보다는 먹기 힘들겠지. 하지만 세상에 어디 쉬운 일이 있겠어.'

노인이 소리 내어 고기에게 물었다.

"고기야, 기분이 좀 어떠냐? 나는 기분이 무척 좋구나. 왼손도 많이 좋아졌고. 오늘 밤과 내일 낮에 먹을 것도 마련해두었단다. 고기야, 너는 배나 계속 끌어라."

그러나 사실 노인은 기분이 좋지 않았다. 낚싯줄을 걸친 등이 통증을 넘어 이제는 무감각 상태에 이른 게 아닌가 걱정스러울 정도였다.

이런 악조건임에도 그는 여전히 버텼다.

'하지만 나는 이보다 훨씬 더 심한 일도 겪었는걸. 오른손은 약간 베였을 뿐이고 왼손의 쥐도 풀렸잖아. 두 다리도 멀쩡하고. 그리고 먹는 문제라면 내가 저놈보다 훨씬 유리하지.'

9월에는 해가 떨어지기 무섭게 어두워지므로 벌써 주변이 캄캄했다. 노인은 이물 쪽 낡은 판자에 기대어 휴식을 취했다. 첫 번째 별이 하늘에 나타났다. 그는 '리겔'이라는 별의 이름은 몰랐지만 그 별이 보이기 시작하면 곧 다른 별들도 나타나 멀리 있던 친구들을 전부 만나게 되리라는 것을 알고 있었다.

"저 고기도 내 친구지. 저런 고기는 평생 본 적도, 들은 적도 없어. 하지만 난 저놈을 죽여야만 해. 별들은 인간이 죽이려고 하지 않아서 정말 다행이야."

이번에도 그는 혼잣말을 했다.

그때 노인의 생각은 날개를 편 듯 멀리 달아나기 시작했다.

'인간이 날마다 달을 죽여야 한다면 어떻게 될까? 달은 아마 달아나겠지. 그리고 인간이 날마다 해를 죽여야만 한다면 어떻게 될까? 그러지 않아도 되니 우리는 운이 좋은 거라고.'

그러자 노인은 내내 아무것도 먹지 못한 큰 고기가 불쌍해졌다. 이렇게 연민을 느끼면서도 고기를 꼭 죽여야겠다는 결심은 조금도 누그러지지 않았다. 그 순간 그는 이런 생각이 들었다.

'저 고기를 잡으면 도대체 몇 사람이 먹을 수 있을까? 그런데 그들이 과연 저 고기를 먹을 만한 자격이 있을까? 없다! 당연히 없고말고. 저런 당당한 행동과 높은 위엄을 본다면 저 고기를 먹을 자격이 있는 사람은 한 명도 없어.'

잠시 후 노인은 다시 생각에 빠졌다.

'나는 이런 일들을 잘 알지 못해. 하지만 어쨌든 해나 달이나 별을 죽일 필요가 없다는 것은 정말 다행스러운 일이야. 바닷가에 살면서 우리의 진정한 형제를 죽이는 것만으로 이미 충분하잖아.'

그러다가 그의 머릿속에 다른 생각이 들어찼다.

'자, 이제는 항력을 생각해봐야 해. 여기에는 장점과 단점이 있지. 지금 줄이 너무 많이 풀려 저놈은 달아나기 위해 계속 애쓰고, 노의 항력이 제대로 작동해서 배가 무거워진다면 저놈을 놓치게 될지도 몰라. 반대로 배가 가벼워지면 저놈이나 나나 고통은 연장되겠지만, 저놈이 굉장한 속도로 달리고 있으니 나로서는 오히려 안전할 거야. 어떤 일이 생기든 만새기가 상하기 전에 내장을 빼고 조금이라도 먹어 기운을 차려야지.'

'이제 한 시간 정도 더 쉰 다음에 저놈이 지치지 않았는지 알아보고 고물 쪽으로 돌아가서 만새기를 다듬으면서 결정을 내려야겠어. 그동안 저놈이 어떻게 나오는지, 어떤 변화를 보이는지 알 수 있을 거야. 노를 묶어두는 것은 좋은 묘책이지만 이제는 안전에 신경 써야 할 때가 되었어. 저놈은 아직도 팔팔한 데다가 주둥이 한쪽에 낚싯바늘이 꽂혀 있는데도 입을 꽉 다물고 있더군. 낚싯바늘이 주는 고통은 아무것도 아니겠지. 배고픔의 고통과 알지도 못하는 대상과 싸우고 있다는 사실이 무엇보다 큰 문제겠지. 늙은이, 지금은 쉬라고. 다음 일을 할 때가 되기 전까지는 저놈이 계속 힘쓰게 내버려두라고.'

그로부터 두 시간쯤 쉰 것 같았다. 달이 늦도록 뜨지 않아서 시간을 가늠해볼 수가 없었다. 노인은 다른 때보다 비교적 오래 쉬긴 했지만 푹 쉰 것은 아니었다. 그는 고기가 끌어당기는 힘을 여전히 어깨로 받아내고 있었다. 하지만 왼손으로 이물의 뱃전을 잡고 고기의 저항을 조금씩 배에 내맡기려고 애썼다.

노인은 줄을 고정시킬 수만 있다면 간단할 거라고 생각했다. 하지만 그런 경우 고기가 조금만 요동쳐도 줄이 끊어져 버릴 수 있다.

'줄이 끌려가는 힘을 내 몸으로 받아내면서 언제든 두 손으로 줄을 풀 수 있도록 준비하고 있어야만 해.'

"하지만 자네는 아직 한숨도 자지 못했다고, 늙은이야. 반나절과 하룻밤이 지나고 또 하루가 지났는데도 한숨도 못 잤잖아. 저놈이 조용히 있는 동안 조금이라도 눈을 붙일 방법을 찾아봐야 한다고. 잠을 자지 못하면 머리가 둔해져 판단력이 흐려질 테니 말이야."

그는 혼잣말을 하며 스스로 다독거렸다.

그러더니 다시 생각에 잠겼다.

'하지만 내 머릿속은 충분히 맑은걸. 오히려 너무 맑아서 탈이야. 내 형제인 별들만큼 환하지. 그래도 잠을 자야 해. 별도 달도 해도 잠을 자잖아. 심지어 바다마저도 조류가 없는 날이면 잔잔하게 잠을 자곤 하지.'

노인은 잠자는 것을 잊어버려서는 안 된다고 생각했다. 잠을 꼭 자도록 해야 하고, 낚싯줄과 관련된 간단하면서도 확실한 방법을 찾아봐야 한다.

'이제 고물 쪽으로 돌아가서 만새기를 처리하자. 잠을 자기 위해 노를 묶어 항력을 만드는 방법은 너무 위험해.'

그는 틈만 나면 생각에 잠겼다.

'난 잠을 안 자고도 견딜 수 있어. 하지만 그건 너무 위험한 짓이야.'

노인은 고기에게 갑작스러운 움직임을 가하지 않으려고 조심하면서 양손과 무릎으로 기어 고물 쪽으로 가기 시작했다.

그러면서 그는 생각했다.

'어쩌면 저놈도 비몽사몽간인지도 몰라. 하지만 고기를 쉬게 해서는 안 돼. 죽을 때까지 배를 끌게 해야 해.'

고물로 돌아온 노인은 몸을 돌려 왼손으로 어깨를 짓누르는 낚싯줄을 잡고 오른손으로 칼집에서 칼을 뽑았다. 별빛이 밝아서 만새기가 똑똑히 보였다. 그는 칼날로 만새기의 대가리를 찔러 고물 밑에서 끌어냈다. 한쪽 발로 누른 채 항문에서 아래 턱 끝까지 빠르게 갈랐다. 그런 다음 칼을 내려놓고 오른손으로 내장을 빼고 깨끗하게 속을 긁은 뒤 아가미도 뜯어냈다. 위를 손으로 만져보니 묵직하고 미끈했다. 그것을 가르자 날치 두 마리가 들어 있었다. 날치는 싱싱하고 살이 단단했다. 노인은 날치를 나란히 내려놓고 내장과 아가미를 뱃전 너머로 던졌다. 그것은 인광의 꼬리를 남기면서 물속으로 가라앉았다. 만새기는 차가웠고 별빛 아래서 문둥병 환자처럼 희뿌옇게 보였다. 노인은 오른발로 고기의 대가리를 누르고 한쪽 옆구리의 껍질을 벗겼다. 그런 다음 뒤집어서 반대쪽 껍질을 벗긴 뒤 대가리에서 꽁지까지 살점을 발랐다.

노인은 남은 뼈대를 배 밖으로 미끄러뜨려 물속에 소용돌이가 있는지 지켜보았다. 하지만 그것은 빛을 내면서 천천히 가라앉을 뿐이었다. 그는 몸을 돌려 잘라낸 만새기 살점 사이에 날치 두 마리를 끼워 넣고 칼집에 칼을 꽂았다. 그러고는 천천히 이물 쪽으로 돌아갔다. 노인의 등은 낚싯줄 무게 때문에 구부정했고 오른손에는 고기가 들려 있었다.

이물로 돌아온 노인은 판자 위에 만새기 살점 두 쪽을 내려놓고 옆에 날치를 놓았다. 그런 다음 어깨에 메고 있는 낚싯줄의 위치를 바꾸고 뱃전에 올려놓은 왼손으로 다시 줄을 잡았다. 그리고 뱃전으로 몸을 기울여 날치를 씻으면서 손에 닿는 물살의 속도를 살폈다. 만새기의 껍질을 벗기면서 묻었는지 손에서 인광이 뿜어져 나왔다. 손에 닿는 물의 흐름을 지켜보았더니 물살이 약해져 있었다. 뱃전의 널빤지에 손을 문지르자 인광이 떨어져 나가 배 뒤로 천천히 흘러갔다.

"지금 저놈은 지쳤거나 쉬고 있을 거야. 이제 나도 만새기를 먹은 다음 좀 쉬면서 잠을 청해야겠어."

그는 잔잔한 물결처럼 나직한 목소리로 말했다.

기온이 점점 떨어져 추워진 밤, 노인은 별빛 아래서 만새기의 살점 한 조각과 내장과 대가리를 떼어낸 날치 한 마리를 천천히 먹었다.

"만새기는 요리해서 먹어야 제맛인 생선이야. 날로 먹으니 정말 형편없군. 앞으로는 배를 탈 때 소금이나 라임을 꼭 챙겨야겠어."

그는 밤바다와 얘기를 나누듯 말했다.

'머리를 좀 굴려서 낮에 이물 널빤지에 바닷물을 뿌려놓았다면 말라서 소금이 되었을 텐데.'

그러다가 자기변명을 하기 시작했다.

'하지만 만새기가 걸려들었을 때는 거의 해가 질 무렵이었다고. 그래도 준비 부족은 준비 부족이야. 하지만 잘 씹어 먹었더니 구역질은 나지 않는군.'

동쪽 하늘에 구름이 덮이더니 노인이 아는 별들이 하나씩 사라졌다. 거대한 구름의 계곡으로 들어가는 것 같은 기분이 들었다. 바람은 잠잠했다.

"사나흘 후에는 날씨가 나빠지겠어. 하지만 오늘 밤과 내일은 괜찮을 거야. 그러니 늙은이, 고기가 조용히 있을 동안 잠이나 자두라고."

노인은 오른손으로 낚싯줄을 꽉 잡고 허벅다리로 오른손을 누르고는 온몸의 무게를 이물의 널빤지에 실었다. 그런 다음 어깨의 낚싯줄을 약간 아래쪽으로 내린 뒤 왼손으로 그것을 받쳤다.

'줄이 팽팽한 동안에는 오른손이 견뎌줄 거야. 자는 동안 줄이 느슨해지더라도 줄이 풀려나가면 왼손이 나를 깨울 테지. 오른손이 좀 더 힘들겠지만 왼손보다 고통에 익숙하니까 괜찮을 거야. 이십 분이나 반 시간만 자도 좋을 텐데.'

이런 생각을 하며 몸 전체를 앞으로 웅크려 낚싯줄에 기댄 채 온몸의 무게를 오른손에 맡기고 잠이 들었다.

노인은 사자 꿈을 꾸지 않았다. 대신에 13킬로미터 또는 16킬로미터 가량 뻗어 있는 거대한 돌고래 무리의 꿈을 꾸었다. 돌고래들은 한창 교미하는 시기라서 공중으로 높이 솟아올랐다가 솟아오를 때 수면에 생긴 구멍으로 다시 떨어졌다. 그다음에는 마을에 있는 자기 침대에 누워 있는 꿈을 꾸었다.

자는 중간 강한 북풍이 불어와 몹시 추웠고 베개 대신 오른팔을 베고 자서 오른팔이 저렸다.

이번에는 길게 뻗은 노란 해안이 나오는 꿈을 꾸기 시작했다. 어둑어둑할 때 사자 한 마리가 바닷가로 내려왔는데, 다른 사자들이 그 뒤를 따라왔다. 노인은 저녁 미풍을 받으며 닻을 내리는 배의 이물 쪽 판자에 턱을 괸 채 사자가 더 내려오는지 기다리고 있는데, 그 순간이 너무 행복했다.

달이 뜬 지도 오래되었다. 그런데 노인은 여전히 꿈속을 헤매는 중이었고, 고기는 계속 헤엄치고 있었다. 배는 구름의 터널 속으로 들어가고 있었다.

노인은 갑자기 오른쪽 주먹이 당겨져 얼굴을 치고 오른쪽 손바닥이 뜨거울 정도로 줄이 풀려나가는 바람에 잠에서 깼다. 왼손은 아무런 감각이 없어서 그는 오른손으로 줄을 멈추려고 했다. 하지만 줄은 빠른 속도로 풀려나갔다. 드디어 왼손도 줄을 찾아 잡았고 몸을 뒤로 젖혀 줄이 풀려나가는 걸 멈추려고 안간힘을 썼다. 하지만 등과 왼손이 불에 타는 듯했고 왼손으로 온 힘을 받아내는 바람에 심하게 베이고 말았다. 노인은 감아놓은 낚싯줄을 돌아보았는데 슬슬 풀려나가고 있었다.

바로 그때 고기가 요란하게 바다를 가르며 솟아올랐다가 쿵 하고 떨어졌다. 그러더니 연달아 계속 솟아올랐고 줄이 급속도로 풀려나가고 있는데도 배는 여전히 빠른 속도로 달려갔다.

노인은 몇 번이나 줄이 끊어지기 직전까지 잡아당겼다. 그러다가 뱃머리로 바짝 끌려가 넘어져 얼굴이 만새기 살점에 처박혀 꼼짝도 할 수 없었다.

긴박한 상황에도 노인은 담담했다.

'이게 바로 우리 둘 다 기다렸던 일이지. 그러니 순순히 받아들이자고. 나중에 저놈한테 낚싯줄 값을 치르게 해야겠어. 값을 반드시 치르게 할 거야.'

노인은 고기가 솟아오르는 모습을 볼 수 없었다. 그저 바다가 갈라지고 고기가 무겁게 첨벙 떨어지는 소리만 들었을 뿐이다. 낚싯줄이 빠르게 풀려나가서 손을 심하게 베었지만 이런 일이 일어날 거라고 진작부터 예상하고 있었다. 그래서 줄이 손바닥으로 미끄러지거나 손가락을 베지 않도록 굳은살 박힌 부분에만 닿도록 했다.

그때 또다시 소년 생각이 났다.

'그 애가 옆에 있었다면 낚싯줄을 적셔주었을 텐데. 그래, 그 애가 여기 있었다면. 그 애만 여기 있었다면 말이야.'

낚싯줄은 계속해서 풀려나갔지만 속도가 좀 줄었다. 노인은 고기를 점점 힘들게 만들고 있었다. 이제 그는 널빤지에서, 뺨에 짓눌린 만새기 살점에서 머리를 들어 올렸다. 그런 다음 무릎을 꿇고 천천히 일어섰다. 줄을 놓아주고는 있었지만 조금씩 속도를 늦추었다. 그는 눈에 보이지 않는 낚싯줄을 발로 더듬어 찾아갔다. 아직 줄은 충분했다. 이제 고기는 물속으로 풀려나간 낚싯줄이 받는 마찰까지 감당하며 끌어야 했다.

노인은 생각했다.

'그렇지! 저놈은 열 번 넘게 뛰어올랐으니까 등줄기의 부레에 공기가 가득 찼을 거야. 그러니 이제는 내가 끌어올릴 수 없을 정도로 깊이 내려가서 죽을 염려는 없겠지. 곧 원을 그리면서 돌기 시작할 텐데, 그때 조치를 취해야 해. 그런데 뭣 때문에 그렇게 놀랐던 거지? 배가 고파서 발악한 걸까, 아니면 밤중에 무서움을 느낄 만한 것을 본 걸까? 갑자기 공포를 느꼈을지도 몰라. 침착하고 강하고 공포 따위는 모르는 자신감 넘치는 고기인 것 같았는데. 참 이상한 일이야.'

"늙은이, 자네나 무서워하지 말고 자신감을 가지는 게 좋겠어. 다시 고기가 자네 손아귀로 들어왔지만 줄을 당길 수가 없잖아. 저놈은 곧 빙빙 돌기 시작할 거야."

그는 허공에 대고 이렇게 말했다.

노인은 왼손과 양 어깨로 줄을 받친 채 엎드려 오른손으로 물을 떠다가 얼굴에 짓이겨진 만새기 살점을 씻어냈다. 그것 때문에 구역질이 나서 기운이 빠질까 봐 걱정스러웠다. 얼굴을 씻은 후에는 뱃전 너머로 오른손을 씻고 짠 바닷물에 그대로 담근 채 동이 트는 모습을 지켜보았다.

'고기가 거의 동쪽으로 가고 있구나. 저놈이 지쳐서 조류를

타고 있다는 뜻이야. 곧 빙글빙글 돌지 않을 수 없겠지. 그러면 우리의 진짜 싸움이 시작되는 거야.'

오른손을 충분히 물속에 담가두었다는 생각이 들자 꺼내서 살펴보았다.

"심하진 않군. 바다 사나이한테 이 정도의 고통은 아무것도 아니지."

그는 어깨를 으쓱하며 말했다.

새로 생긴 상처에 닿지 않도록 조심하면서 줄을 잡고 몸의 중심을 옮겨 이번에는 반대편 뱃전으로 왼손을 내밀어 물속에 넣었다.

"네가 부실하긴 했지만 그렇게 바보같이 군 건 아니었어. 하지만 필요할 때 널 찾을 수 없던 순간도 있었지."

이번에는 자신의 왼손에게 말했다.

'왜 나는 튼튼한 두 손을 갖고 태어나지 못한 걸까? 물론 한 손을 제대로 훈련시키지 못한 건 내 잘못이겠지. 왼손도 배울 기회가 얼마든지 있었잖아. 하지만 간밤에는 그리 형편없지 않았고, 쥐도 딱 한 번밖에 나지 않았어. 만약 또 쥐가 난다면 낚싯줄에 잘리도록 그냥 내버려두겠어.'

이런 생각을 하면서 노인은 머리가 맑지 못하다는 것을 깨닫고 만새기를 좀 더 썹어 먹어야겠다고 생각했다.

"하지만 먹을 수가 없어."

노인은 한숨을 쉬며 혼잣말을 했다.

'구역질로 기운이 빠지는 것보다는 머릿속이 흐려지는 쪽이 나을 거야. 얼굴을 처박았으니 먹어도 토해낼 게 분명해. 상하기 전까지 비상용으로만 놔두자. 이제 영양분을 섭취해 기운을 내기에는 너무 늦었어.'

"참 어리석군. 한 마리 남은 날치를 먹으면 되잖아."

그는 또다시 혼잣말을 했다.

날치는 깨끗하게 손질되어 있어 노인은 왼손으로 날치를 들어 올려 조심스럽게 뼈를 씹으며 꼬리 쪽까지 전부 먹어치웠다.

그리고 만족스러운 표정을 지었다.

'날치는 어떤 고기보다 영양분이 많아. 적어도 나한테 필요한 힘을 주지. 이제 내가 할 수 있는 일은 다 했어. 고기가 빙글빙글 돌기 시작하면 싸움을 시작하자고.'

바다에 나온 후 세 번째로 해가 솟아오를 때 비로소 고기가 빙글빙글 돌기 시작했다.

낚싯줄의 경사만 보고는 고기가 돌고 있는지 정확히 알 수 없었다. 그렇게 보기에는 아직 일렀다. 줄을 잡아당기는 힘이 약간 약해진 것을 느끼고 오른손으로 부드럽게 당기기 시작했다. 줄은 언제나처럼 팽팽해졌지만 끊어지기 직전까지 당기자 끌려오기 시작했다. 그는 어깨와 머리에서 낚싯줄을 빼낸 뒤 꾸준하게 천천히 당기기 시작했다. 양손으로 휘두르는 동작을 취하면서 되도록 몸과 다리를 이용해 당기려고 했다. 이때 노쇠한 두 다리와 어깨는 잡아당기는 동작의 회전축 역할을 했다.

"엄청나게 큰 원을 그리고 있구나. 어쨌든 지금 빙글빙글 돌고 있어."

그는 흥분을 감추며 말했다.

이윽고 낚싯줄이 더 이상 당겨지지 않았다. 노인은 줄에서 떨어지는 물방울이 햇살을 받아 반짝거리는 것을 보며 줄을 잡고 있었다. 그러자 다시 줄이 풀려나가기 시작했고 그는 무릎을 꿇고 툴툴거리며 어두운 물속으로 줄이 끌려가도록 내버려두었다.

"놈은 원의 맨 가장자리 쪽을 돌고 있어."

노인은 아쉬운 마음에 투덜거리듯 말했다.

그러다가 원을 바라보며 생각했다.

'하지만 힘 닿는 데까지 줄을 잡고 있어야겠어. 내가 당길 때마다 녀석의 원이 작아질 테니까. 어쩌면 한 시간 후에는 다시 저놈을 볼 수 있을지도 몰라. 이제는 혼쭐을 내주고 녀석을 죽여야 할 때가 된 것 같군.'

그럼에도 고기는 계속해서 천천히 돌고 있었다. 두 시간이 지나자 노인은 온몸이 땀으로 흠뻑 젖었고 뼛속까지 지쳐버렸다. 다행히 고기가 그리는 원은 훨씬 작아졌다. 그는 낚싯줄의 기울기를 보고 고기가 헤엄치면서 꾸준히 수면으로 올라오고 있음을 알 수 있었다.

한 시간을 버티는 동안 노인의 눈앞에서 검은 반점이 아른거렸고 땀으로 눈이 따가웠으며 눈 위와 이마에 난 상처까지 쓰라렸다. 그는 검은 반점이 나타나는 것은 전혀 걱정하지 않았다. 줄을 잡아당기느라고 힘을 쓸 때면 으레 나타나는 현상이었기 때문이다. 하지만 벌써 두 번이나 실신할 것처럼 현기증이 느껴지자 걱정이 되었다.

"이런 고기하고 맞서다가 죽을 순 없지. 이제야 멋지게 올라오고 있는데 말이야. 하느님, 제발 버틸 힘을 주십시오. 주기도문을 백 번 외우고 성모송도 백 번 외우겠습니다. 하지만 지금은 외울 수가 없어요."

잠깐이지만 하늘을 우러러보며 말했다.

그리고 노인은 시선을 돌리며 생각했다.

'지금은 외운 것으로 해두자. 나중에 꼭 외우면 되겠지.'

바로 그때 두 손으로 잡고 있던 낚싯줄이 갑자기 휙 당겨지는 것이 느껴졌다. 매우 날카롭고 세고 묵직한 느낌이었다.

'저놈이 지금 창 같은 주둥이로 철사 목줄을 치고 있구나.'

이것 또한 언젠가 닥칠 일이었다.

'드디어 올 것이 왔군. 하지만 저러다가 갑자기 솟아오를지도 몰라. 공기를 마시려면 뛰어올라야 하겠지만 지금은 그냥 빙빙 돌기만 했으면 좋겠는데 말이야. 솟아오를 때마다 낚싯바늘에 찔린 상처가 벌어져 낚싯줄이 빠질지도 모르잖아.'

"고기야, 솟아오르지 마라. 솟아오르면 안 돼."

노인은 간절한 마음을 담아 말했다.

그 후로 고기는 몇 번 더 목줄을 쳤다. 고기가 대가리를 흔들 때마다 그는 줄을 조금씩 풀어주었다.

'저놈의 고통을 이 정도로 유지시켜야 해. 내 고통은 문제가 아니야. 난 고통을 참을 수 있으니까. 하지만 저놈은 고통 때문에 미쳐버릴 수도 있어.'

잠시 후 고기는 철사 목줄을 치는 것을 그만두고 다시 천천히 돌기 시작했다. 노인은 꾸준히 줄을 끌어당기고 있었다. 그러나 또다시 현기증이 일면서 눈앞이 아찔한 순간을 맞기도 했다. 왼손으로 바닷물을 퍼서 머리에 끼얹었다. 몇 번을 더 적시고 나서 손으로 목덜미를 문질렀다.

"쥐는 나지 않을 거야. 저놈은 곧 올라올 거고, 나는 마지막까지 버틸 수 있어. 아니, 버텨야만 해. 그건 두말할 필요도 없는 일이라고."

그는 스스로 격려하며 이렇게 말했다.

노인은 이물에 무릎을 꿇고 잠시 동안 다시 등 위로 줄을 젖혔다. 지금은 고기가 원의 먼 쪽을 돌고 있으니 좀 쉬고 가까이 다가오면 다시 일어나 싸워야겠다고 생각했다.

이물 쪽에서 쉬는 동안 줄을 끌어당기지 않고 고기가 저 혼자 한 바퀴 돌도록 내버려두고 싶은 생각이 간절했다. 하지만 노인은 줄의 팽팽함을 통해서 고기가 방향을 돌려 배 쪽으로 다가오고 있음을 알아차리고 자리에서 벌떡 일어나 몸을 회전축 삼아 빙 돌면서 고기가 끌고 간 줄을 모두 끌어당기기 시작했다.

그는 줄을 당기며 생각했다.

'지금까지 이렇게까지 피곤해본 적이 없는데. 아, 이제 무역풍이 불기 시작하는구나. 이 바람은 저놈을 잡는 데 유리하게 작용할 거야. 나한테 꼭 필요한 거라고.'

기분이 나아진 그는 들뜬 목소리로 말했다.

"저놈이 다음번에 멀리서 빙빙 돌 때 쉬어야겠다. 기분이 훨씬 좋아졌어. 앞으로 두세 바퀴만 더 돌면 잡을 수 있을 거야."

노인은 밀짚모자를 뒤로 젖혀 쓰고 이물에 주저앉아서 고기가 방향을 바꾸는 것이 느껴질 때마다 낚싯줄을 잡아당겼다.

그는 고기의 움직임을 주시했다.

'지금 움직이고 있으니 네가 방향을 돌릴 때 잡아버리겠다.'

파도가 꽤 높이 일면서 바다가 거칠어졌다. 하지만 그것은 날씨가 좋을 때 불어오는 미풍으로 집에 돌아가기 위해선 그 바람이 꼭 필요했다.

"배를 남서쪽으로 돌려야겠어. 사람은 바다에서 절대 길을 잃는 법이 없지. 게다가 이곳은 길쭉한 섬이잖아."

그는 기운을 얻으려는 듯 중얼거렸다.

노인이 처음 고기를 본 것은 고기가 세 번째로 회전할 때였다. 처음에는 시커먼 그림자 같았는데 배 밑을 지나는 시간이 어찌나 오래 걸리던지 그는 그 길이를 믿을 수가 없었다.

"아니야! 이렇게까지 클 리가 없어."

그는 너무 놀라 자신도 모르게 큰 소리로 말했다.

그러나 고기는 실제로 그렇게까지 컸다. 이번 회전을 끝마친 고기는 배에서 30여 미터밖에 떨어지지 않은 수면 위로 모습을 드러냈고, 노인은 물 밖으로 나온 녀석의 꼬리를 보았다. 그 것은 커다란 낫의 날보다 더 길었고 검푸른 물 위에서 옅은 보랏빛을 띠고 있었다. 꼬리는 뒤로 비스듬히 기울어져 있었는데, 노인은 고기가 수면 바로 아래를 헤엄칠 때 거대한 몸뚱이와 그 몸뚱이를 둘러싼 자줏빛 줄무늬를 보았다. 등지느러미는 아래쪽으로 축 늘어졌고, 커다란 가슴지느러미는 널찍하게 펼쳐져 있었다.

이번에 회전할 때 노인은 고기의 눈을 볼 수 있었고, 고기 주위에서 헤엄치는 회색 빨판상어 두 마리도 보았다. 상어들은 고기한테 달라붙었다가 떨어져 나갔다가 했다. 때로는 큰 고기의 그림자 속에서 유유히 헤엄치기도 했다. 두 마리 모두 길이가 90센티미터 이상이었고, 빨리 헤엄칠 때는 뱀장어처럼 온

몸을 마구 흔들었다.

노인은 지금 땀을 흘리고 있었지만 그 이유가 오로지 햇볕 때문만은 아니었다. 그는 고기가 차분하게 돌 때마다 줄을 끌어당기면서 이제 두 바퀴만 더 돌면 작살을 꽂을 기회가 오리라고 확신했다.

그는 절대 긴장감을 늦추지 않았다.

'그러나 저놈을 가까이, 아주 가까이 끌어와야 해. 대가리 말고 심장을 노려야 한다고.'

노인은 자신을 북돋는 의미로 큰 소리로 말했다.

"이 늙은이야, 침착해야지. 기운을 내라고."

다음 회전 때 고기의 등이 물 위로 나왔지만 아직 배에서 너무 멀리 떨어져 있었다. 다음 회전 때도 여전히 멀리 떨어져 있었지만 물 위로 제법 몸을 드러냈다. 노인은 줄을 조금씩 끌어당기면 고기를 뱃전으로 오게 할 수 있을 거라고 확신했다.

작살은 한참 전에 준비해두었다. 작살에 매달린 가벼운 밧줄은 둘둘 감아서 둥근 바구니 안에 담아두었고, 끝은 이물의 말뚝에 단단히 묶어놓았다.

이제 고기는 커다란 꼬리만 움직인 채 멋진 모습으로 조용히 선회하면서 다가왔다. 노인은 고기를 배 가까이 오게 하려고 있는 힘껏 줄을 잡아당겼다. 고기는 잠깐 옆으로 기우뚱하더니 곧바로 몸을 똑바로 세우고 다시 원을 그리기 시작했다.

"내가 녀석을 움직이게 했어. 내가 움직이게 한 거야."

노인은 흥분된 목소리로 말했다.

그 순간 또다시 현기증이 일었지만 있는 힘을 다해 고기를 붙잡았다.

이제 끝나간다는 생각에 기운이 솟는 듯했다.

'내가 저놈을 움직였어. 이번에는 잡을 수 있을지도 몰라. 손아, 잡아당겨라. 다리야, 힘내라. 머리야, 날 위해 끝까지 버텨다오. 날 위해 버텨줘야 해. 넌 이제까지 정신을 잃은 적이 한 번도 없잖아. 이번에는 저놈을 가까이 끌어당기자고.'

뱃전에 닿기 전부터 혼신의 힘을 다해 끌어당겼지만 고기는 약간 뒤뚱거리더니 자세를 바로잡고 헤엄쳐 달아났다.

"고기야! 고기야, 넌 어차피 죽을 운명이야. 그런데 꼭 나까지 죽어야겠니?"

이번에는 고기를 타이르듯 말했다.

노인은 자신을 죽인다고 해도 고기한테 아무런 이득도 없을 거라고 생각했다. 입이 말라서 말이 나오지 않았지만 이제는 물병을 잡을 힘조차 없었다.

'이번에는 꼭 배 옆으로 끌고 와야 해. 저놈이 계속 돈다면 내가 버티지 못할 거야. 아니, 난 버틸 수 있어, 언제까지라도 버틸 수 있고말고.'

다시 원을 그리며 돌 때, 노인은 고기를 거의 잡을 뻔했다.

하지만 고기는 또다시 자세를 바로잡고 천천히 헤엄쳐 도망가 버렸다.

노인은 실망감에 맥이 풀렸다.

'고기야, 너 때문에 내가 죽겠구나. 하지만 너에게는 그럴 권리가 있어. 나는 지금까지 너보다 크고 멋지고 침착하고 위풍당당한 고기를 본 적이 없거든. 자, 어서 와서 나를 죽여봐라. 누가 누구를 죽이든 이제 상관없으니.'

노인은 정신이 아득해지는 와중에도 이런 생각을 했다.

'이제 머릿속이 흐려지고 있구나. 머리를 맑게 유지해야 하는데. 머리를 맑게 하고 인간답게 고통을 이겨내는 방법을 생각해야 해. 아니면 나나 저놈이나 마찬가지라고.'

"머리야, 맑아져라. 똑바로 정신을 차려야지."

그는 자기 귀에도 잘 들리지 않는 목소리로 중얼거렸다.

그 뒤로 고기는 두 번 더 회전했지만 상황은 똑같았다.

노인은 어떻게 된 일인지 판단하기가 쉽지 않았다. 그는 매번 정신을 잃는 지경에 다다랐다.

'정말 모르겠구나. 하지만 한 번 더 시도해봐야겠다.'

노인은 한 번 더 시도해보았는데, 고기가 방향을 돌릴 때 정신이 아득해지는 것을 느꼈다. 고기는 다시 몸을 바로잡고 커다란 꼬리를 흔들며 유유히 도망가 버렸다.

노인은 또다시 시도해봐야겠다고 결심했다. 이제 두 손이 흐물흐물하고 눈앞도 가물가물해 가끔씩만 제대로 볼 수 있었다.

이번 시도도 결과는 마찬가지였다. '그렇다면……' 하고 생각하기도 전에 정신이 희미해지는 것을 느꼈다.

그는 스러지는 정신을 가다듬기 위해 안간힘을 썼다.

'다시 한 번 해보자.'

노인은 모든 고통과 마지막 남은 힘과 오래전에 사라진 자부심까지 총동원해 고기의 고통에 맞섰다. 고기는 주둥이가 뱃전에 닿기 직전까지 가까이 다가왔다가 배를 지나쳐갔다. 물속을 보면 은빛 몸뚱이에 난 길고 짙고 넓은 자줏빛 줄무늬가 끝없이 이어져 있었다.

노인은 낚싯줄을 놓고 한쪽 발로 밟고는 작살을 한껏 높이 쳐들어 마지막 남은 힘을 다해, 아니 그보다 더 큰 힘을 쥐어짜서 자신의 가슴 높이만큼 솟아오른 거대한 가슴지느러미 바로 뒤쪽의 옆구리를 찔렀다. 작살이 고기의 살로 들어가는 것을 느끼며 몸을 앞으로 숙이고 온몸의 체중을 실어 밀어 넣었다.

그러자 고기는 죽음을 앞두었다가 살아나기라도 한 듯 물위로 높이 솟구쳐 엄청나게 커다란 몸뚱이와 힘과 아름다움을 남김없이 드러냈다. 고기는 배에 타고 있는 노인보다 더 높이까지 솟아오른 것처럼 보였다. 그런 다음에 요란한 소리와 함께 물속으로 떨어지는 바람에 노인과 배는 물벼락을 맞았다.

노인은 의식이 몽롱하고 구역질이 나고 앞도 잘 보이지 않았다. 그러나 작살 밧줄을 잘 추슬러 껍질이 벗겨진 두 손으로 천천히 풀어주었다. 다시 앞이 보이기 시작하자 은빛 배를 드러낸 채 누워 있는 고기가 보였다. 작살 자루가 고기의 어깨에 비스듬히 꽂혀 튀어나왔고, 고기의 심장에서 흘러나온 피에 바닷물이 붉게 물들었다. 처음에 그 피는 1.6킬로미터도 더 되는 깊이의 푸른 물속에 떠 있는 고기 떼처럼 시커멓게 보였다. 그러더니 구름처럼 퍼져 나갔다. 은빛 고기는 그저 파도와 함께 떠다닐 뿐이었다.

노인은 눈앞이 아직 희미하긴 했지만 주의 깊게 그 모습을 바라보았다. 그러고 나서 작살 줄을 이물 말뚝에 두 번 감아놓고는 두 손으로 머리를 감쌌다.

"정신을 차려야 해. 나는 지친 늙은이야. 하지만 내 형제인 이 고기를 죽였고, 이제는 노예처럼 일을 해야 한다고."

그는 이물의 널빤지에 몸을 기댄 채 말했다.

차츰 정신을 차린 노인은 올가미와 밧줄을 준비해서 고기를 뱃전에 묶어야겠다고 생각했다.

'지금 배에 두 사람이 있다고 해도 저 고기를 배에 싣는 것은 불가능해. 고기를 싣는다면 배에 물이 찰 것이고, 물을 퍼내도 이 배로는 도저히 저놈을 감당할 수 없어. 만반의 준비를 갖추고 고기를 배 가까이로 끌어와서 잘 묶은 다음 돛대를 세운 뒤

돛을 올려 집으로 돌아가야겠다.'

노인은 고기를 배 가까이 끌어당기기 시작했다. 아가미에서 아가리로 밧줄을 꿰어 대가리를 이물 옆에 꽉 묶어두기 위해서였다. 그는 고기를 가까이서 보고 만지고 느껴보고 싶었다.

'이놈은 내 재산이야. 하지만 그런 이유로 놈을 만져보고 싶은 건 아니야. 이놈의 심장을 느낀 것 같아. 작살로 두 번째 찔렀을 때 말이야. 자, 이제 놈을 끌어당겨 꽉 묶고 꼬리와 배에 올가미를 씌워서 배에 고정시켜야지.'

"늙은이, 어서 일을 시작하라고."

그는 이렇게 말한 뒤 목을 축이려 물을 조금 마셨다.

"싸움이 끝났으니까 이젠 노예처럼 열심히 일해야겠군."

노인은 하늘을 올려다본 후 고기에게로 시선을 옮겼다. 그리고 해를 주의 깊게 살펴보았다. 정오가 지난 지 오래되지 않은 것 같았다.

'무역풍이 불고 있군. 이제 낚싯줄은 아무래도 상관없어. 집에 가서 그 애와 다시 꼬아서 이으면 되니까.'

"이리 오너라, 고기야."

노인의 부름에도 고기는 쉽사리 끌려오지 않았다. 바다에 벌렁 자빠져 있어 배를 고기 쪽에 대야 했다.

고기 옆에 배를 대고 대가리를 이물에 잡아매면서도 노인은 고기의 크기를 믿을 수가 없었다. 말뚝에서 작살 밧줄을 풀어 고기의 아가미로 넣어 턱으로 빼낸 뒤 칼처럼 뾰족한 주둥이를 한 번 감았다가 다른 쪽 아가미로 넣어 빼내 주둥이를 또 한 번 감고 양끝을 묶어 이물의 말뚝에다 단단히 고정시켰다. 그다음에는 밧줄을 끊어 꼬리에 올가미를 매려고 고물 쪽으로 갔다. 고기는 본래 자줏빛과 은빛이 섞여 있었는데 이제는 전체가 은빛으로 변했다. 줄무늬는 꼬리와 마찬가지로 연보랏빛이었다. 줄무늬는 손가락을 쫙 펼친 성인 남자의 손바닥만큼 넓었고 고기의 눈은 잠망경의 렌즈만 했고 종교 행렬에 낀 성자처럼 초연해 보였다.

"이놈을 죽일 방법은 이것뿐이었어."

노인이 나지막하게 말했다. 물을 마시니 기분이 한결 나아져 의식을 잃을 것 같지 않았고 머리도 맑아졌다. 어림잡아 헤아려 봐도 680킬로그램이 넘어 보였다.

'아니, 훨씬 더 넘을지도 몰라. 내장을 빼내고 삼 분의 이가 남을 텐데, 100그램당 7센트씩 받는다면?'

그는 머릿속으로 계산하려다가 그만두었다.

"계산하려면 연필이 있어야겠어. 지금 내 머리는 암산할 만큼 맑지 못하니까. 하지만 훌륭한 디마지오 선수도 내가 오늘 한 일을 자랑스럽게 여길 거야. 물론 난 뼈돌기는 나지 않지만 손과 등이 정말 아팠다고."

이렇게 말하고 뼈돌기가 뭔지 생각해보았다.

'몰라서 그렇지, 우리한테도 그런 게 있는지도 몰라.'

노인은 이물과 고물, 노 젓는 자리가 있는 배의 가운데에 고기를 꽉 묶었다. 고기가 어찌나 큰지 조각배 옆에 훨씬 더 큰 배를 갖다놓은 것 같았다. 노인은 고기의 입이 벌어지지 않도록 밧줄을 잘라 아래턱과 주둥이를 묶어 배가 최대한 순조롭게 달릴 수 있게 해놓았다. 그런 다음 돛대를 세우고 갈고리대인 막대기와 하활을 매달아 올리자 이리저리 기운 돛이 펴지면서 배가 움직이기 시작했다. 그는 고물에 반쯤 누운 채 남서쪽으로 뱃머리를 돌렸다.

노인은 나침판이 없어도 남서쪽이 어느 쪽인지 금방 알 수 있었다. 무역풍의 촉감과 돛이 펴지는 상태만으로 충분히 알아낼 수 있었다.

'짧은 낚싯줄에 가짜 미끼를 달아 뭐든 먹을 걸 낚고 물도 좀 마셔야겠다.'

그러나 가짜 미끼는 보이지 않았고 정어리는 이미 상해 있었다. 다른 방법이 없을까 생각하다가 물 위에 떠 있는 누런 모자반속 해초를 갈고리로 건져 털어보았다. 그 속에 있던 작은 새우가 배 바닥으로 떨어졌다. 열 마리가 넘는 새우가 모래 벼룩처럼 팔딱팔딱 뛰어올랐다. 노인은 엄지와 검지로 새우 대가리를 떼어낸 뒤 껍질과 꼬리까지 통째로 씹어 먹었다. 크기는 작았지만 영양분이 풍부하고 맛도 좋았다.

물병에는 물이 두 모금쯤 남아 있었는데 새우를 먹고 나서 물을 한 모금 마셨다. 배는 무거운 짐을 싣고도 잘 달렸고 노인은 겨드랑이에 키의 손잡이를 끼고 방향을 잡았다. 고기의 모습이 보이긴 했지만 노인은 자신의 손을 보고 고물에 닿은 등의 아픔을 느끼고 나서야 이것이 꿈이 아니라 현실임을 실감했다. 고기와의 사투가 끝나갈 무렵에는 너무 고되고 정신이 몽롱해서 꿈을 꾸고 있다는 생각도 들었다. 고기가 물 밖으로 나와서 떨어지기 직전 공중에 잠시 솟아 있는 모습을 보고 '정말로 이상한 일도 다 있구나'라고 생각했다. 도저히 믿어지지 않는 광경이었다. 그때는 앞이 잘 보이지 않았지만, 지금은 평소처럼 눈이 잘 보였다.

이제 노인은 고기가 정말로 옆에 있고 손과 등의 아픔으로 꿈꾸고 있는 게 아님을 알았다. 그는 손 상태가 어떤지 살펴보았다.

'손의 상처는 금방 낫지. 피도 날 만큼 났으니 이제 소금물이 낫게 해줄 거야. 깊은 바다 물보다 더 좋은 약은 없거든. 이제는 정신만 똑바로 차리면 돼. 손도 할 일을 다 했고 배도 순조롭게 달리고 있으니까. 고기는 입을 꾹 다문 채 꼿꼿한 꼬리를 위아래로 흔들면서 나와 형제처럼 항해하고 있어.'

그러다 노인은 머릿속이 약간 흐릿해지더니 이런 생각이 들었다.

'고기가 나를 데리고 가는 건가, 아니면 내가 고기를 데리고 가는 건가? 만약 고기를 뒤에 매달아 끌고 가는 거라면 문제가 없겠지. 고기가 모든 위엄을 잃은 채 배 안에 실려 있다고 해도 아무런 문제가 없어. 하지만 고기와 배를 나란히 묶어 함께 나아가고 있잖아. 고기가 나를 데려가는 거라고 하자. 그게 저놈이 원하는 거라면 말이야. 내가 저놈보다 나은 건 계략을 썼다는 것뿐이고, 저놈은 나를 해치려고 하지도 않았잖아.'

배는 계속해서 순조롭게 나아갔고, 노인은 바닷물에 손을 담그면서 정신을 차리려고 애썼다. 뭉게구름이 높이 떠 있고 그 위로 새털구름이 떠 있어서 노인은 밤새 미풍이 불어올 거라는 사실을 알았다. 그는 이 모든 일이 꿈이 아니라 실제로 일어났음을 확인하려는 듯 계속 고기를 바라보았다. 첫 번째 상어가 공격해온 것은 그로부터 한 시간이 지난 후였다.

상어의 공격은 결코 우연이 아니었다. 상어는 시커먼 구름 같은 피가 1.6킬로미터 깊은 바닷속까지 퍼져나가자 바다 깊은 곳에서 올라왔다. 그 녀석은 아무런 망설임도 없이 빠르게 푸른 수면을 가르고 햇볕으로 나왔다. 그리고 다시 바닷속으로 들어가 피 냄새를 맡으며 배와 고기가 지나온 길을 헤엄쳐 따라온 것이다.

상어는 때로 피 냄새를 잃어버리기도 했다. 하지만 다시 냄새를 찾아내거나 흔적을 찾아내어 빠르고 힘차게 헤엄쳐 쫓아왔다. 그것은 덩치가 아주 큰 마코상어였다. 바다에서 가장 빨리 헤엄칠 수 있는 놈으로, 주둥이를 빼고는 흠잡을 데 없이 아름다웠다. 등은 황새치처럼 푸르고 배는 은빛이며 껍질은 매끈하고 아름다웠다. 지금은 수면 바로 아래서 높이 솟은 등지느러미를 조금도 흔들지 않고 칼로 물살을 가르듯 빠르게 헤엄치고 있었다. 꽉 다문 커다란 주둥이를 제외하면 황새치와 생김새가 비슷했다.

꽉 다문 주둥이 안에는 안쪽으로 여덟 줄의 이빨이 비스듬히 나 있었다. 그것은 보통 상어의 이빨처럼 피라미드 모양이 아니었다. 사람의 손가락을 맨 발톱처럼 구부린 모양이었다. 이빨은 노인의 손가락 길이만 했고 양쪽 가장자리가 면도날처럼 날카로웠다. 바다에 사는 그 어떤 고기도 잡아먹을 수 있게 생긴 이빨이었다.

매우 빠르고 힘이 셀 뿐 아니라 무기까지 잘 갖춰져 있으니 놈들을 당해낼 적수가 없었다. 그런 녀석이 지금 신선한 피 냄새를 맡고 푸른 등지느러미로 물살을 가르며 빠르게 쫓아오고 있었다.

노인은 다가오는 모습을 보고 그 녀석이 두려운 게 전혀 없고 자기 하고 싶은 대로 하는 상어라는 것을 알았다. 그는 상어가 다가오는 것을 지켜보면서 작살을 준비하고 그것에 밧줄을 매었다. 고기를 배에 묶느라고 잘라서 썼기 때문에 줄이 짧긴 했다.

이제 머릿속은 맑아졌고 투지도 넘쳤지만 희망은 거의 보이지 않았다. 노인은 좋은 일은 오래가지 않는 법이라고 생각했다. 그는 상어가 다가오는 것을 보면서 큰 고기를 다시 한 번 쳐다보았다.

'이것도 꿈일지 몰라. 상어의 공격은 막을 수 없겠지만 잘하면 해치울 수 있을지도 몰라. 덴투소(dentuso, 큰 이빨을 가진 상어의 일종－옮긴이), 이 망할 놈 같으니라고.'

상어는 빠르게 고물 가까이 다가왔다. 고기를 공격했을 때 노인은 상어의 벌린 입과 이상한 눈알을 가까이서 보았고, 이빨로 잘깍잘깍 소리를 내며 꼬리 바로 위쪽을 물어뜯는 것을 지켜보았다. 상어의 대가리가 물 밖으로 나오고 등이 드러나면서 큰 고기의 껍질과 살점이 물어뜯기는 소리가 들리자 노인은 작살로 대가리를 찔렀다. 두 눈알 사이의 선과 코에서 등으로 똑바로 올라가는 선이 교차하는 지점이었다. 사실 상어에게는 그런 선이 없었다. 크고 날카로운 푸른 대가리와 커다란 눈알과 잘깍 소리와 함께 뭐든 삼켜버리는 튀어나온 주둥이만 있을 뿐이었다. 하지만 노인은 그곳이 상어의 골이 있는 곳이라는 걸 알고 찌른 것이다. 그는 피투성이가 된 손으로 온 힘을 다해 작살을 내리꽂았다. 희망은 없었지만 넘치는 투지와 이글거리는 적개심에 그렇게 했다.

그 순간 상어가 한 바퀴 휙 돌았다. 노인은 상어의 눈이 생기를 잃었다는 것을 알았다. 상어는 다시 한 번 돌면서 밧줄로 제 몸을 두 번이나 휘감았다. 노인은 상어가 죽어간다는 것을 알았지만, 상어는 자신의 죽음을 받아들이려고 하지 않았다. 배를 내놓고 뒤집힌 채로 꼬리로 물을 후려치고 주둥이를 잘깍거리면서 고속 모터보트처럼 물을 가르며 나아갔다. 꼬리로 물을 내리칠 때마다 하얗게 물보라가 튀었고, 몸뚱이 중 사 분의 삼이 물 위로 드러나자 밧줄이 팽팽하게 당겨져 부르르 떨리더니 끊어져 버렸다. 상어는 잠시 가만히 누워 있었다. 노인은 그 모습을 물끄러미 지켜보았다. 그러더니 상어는 물속으로 천천히 가라앉았다.

"저 녀석이 18킬로그램 정도를 가져가 버렸군."

그는 진짜 아쉬웠다.

'게다가 작살과 밧줄까지 전부 가져가 버렸네. 고기가 다시 피를 흘리고 있으니 다른 놈들이 달려들 텐데.'

노인은 살점이 뜯겨나간 고기를 더 이상 보고 싶지 않았다. 고기가 공격을 받았을 때 마치 자신이 공격당한 느낌이 들었다.

노인은 어깨를 으쓱거렸다.

'하지만 나는 내 고기를 공격한 상어를 죽였어. 그 녀석은 내가 지금까지 본 것들 가운데 가장 큰 덴투소였어. 물론 예전에도 큰 상어를 많이 봤지만 말이야.'

노인은 또다시 '그래 좋은 일은 오래가지 않는 법이지'라고 생각했다. 차라리 이게 꿈이었다면, 이 고기를 낚은 일도 없고 신문지를 깐 침대에 혼자 누워 있다면 얼마나 좋을까 하는 생각이 절로 들었다.

"하지만 인간은 패배하기 위해 태어난 게 아니라고. 인간은 파멸당할 수는 있을지언정 패배하지는 않아."

노인은 중얼거리다가 이내 생각에 빠졌다.

'하지만 저 고기를 죽인 건 정말 유감스러운 일이야. 이제 어려운 일이 곧 닥칠 텐데 작살마저 없으니 걱정이군. 덴투소는 잔인하고 힘이 세고 영리하다고. 하지만 내가 그 녀석보다 더 똑똑했지. 아니, 그게 아닐지도 몰라. 그 녀석보다 내가 더 좋은 무기를 갖고 있었을 뿐인지도 모르지.'

"이제 생각일랑 그만두라고, 늙은이. 이대로 계속 달리다가 일이 터지면 그때 싸우자고."

그는 스스로 용기를 북돋우기 위해 소리 내어 말했다.

'하지만 난 생각을 해야만 해. 내게 남은 것은 그것밖에 없으니까. 그저 생각하는 일이랑 야구뿐이지. 내가 상어의 골통을 내리찍은 모습을 저 훌륭한 디마지오 선수가 봤다면 뭐라고 했을까? 별로 대단한 일은 아니지만 말이야.'

노인은 잠깐 멍하니 있다가 다시 생각에 잠겼다.

'누구나 할 수 있는 일이지. 하지만 내 손이 발뒤꿈치의 뼈돌기만큼 불리한 조건이었을까? 나야 모르지. 헤엄을 치다가 가오리를 밟아 침에 찔렸을 때 아래쪽 다리가 마비되고 참을 수 없을 정도로 아팠던 적을 빼고는 발에 문제가 있었던 적이 없으니까.'

"늙은이야, 기왕이면 좀 유쾌한 일을 생각해보라고. 이제 시시각각으로 집에 가까워지고 있어. 아까 18킬로그램을 잃었으니 더 가볍게 달리겠지."

그는 자신을 위로하기 위해 이렇게 말했다.

노인은 조류의 안쪽으로 들어가면 어떤 일이 생길지 잘 안다. 하지만 이제는 어찌해 볼 도리가 없다.

"아니야, 방법은 있어. 노의 손잡이에다 칼을 묶어놓으면 되잖아."

이번에는 소리 내어 말했다.

노인은 키 손잡이를 겨드랑이에 끼우고 돛자락을 발로 밟고는 노에 칼을 맸다.

"자, 난 여전히 늙은이긴 하지만 무방비 상태는 아니라고."

미풍이 불어오기 시작했고 배는 순조롭게 나아갔다. 고기의 앞부분을 본 순간 얼마간 희망이 되살아나는 듯했다.

'희망을 갖지 않는다는 건 어리석은 일이야. 그건 죄악이라고. 하지만 죄에 대한 건 생각하지 말자. 지금은 죄에 대한 생각 말고도 생각해야 할 문제가 많으니까. 게다가 난 죄가 뭔지

잘 알지도 못하잖아.'

그럼에도 그는 여전히 생각에 골몰했다.

'난 죄가 뭔지 잘 모르고, 그 존재를 믿는지도 확실하지 않아. 저 고기를 죽인 것은 어쩌면 죄일지도 몰라. 내가 살기 위해서, 또 여러 사람을 먹이기 위해서 죽였다고 해도 죄가 될 거야. 그렇다면 죄가 아닌 게 없겠지. 죄에 대한 것은 더 이상 생각하지 말자. 그런 생각을 하기엔 이미 늦었고, 죄를 생각하는 일로 먹고사는 사람들은 따로 있으니까. 죄와 관련된 생각은 그 사람들이 하도록 내버려두자고. 저 고기가 고기로 태어난 것처럼 넌 어부로 태어난 거야. 성 베드로도 저 훌륭한 디마지오 선수의 아버지처럼 한때 어부였지.'

노인은 자기와 관련된 일이라면 뭐든 생각하는 것을 즐겼다. 읽을 것도 라디오도 없어 생각을 더 많이 하게 된 그는 죄에 대한 것을 계속 생각했다.

'네가 고기를 죽인 건 살기 위해서나 팔기 위해서만은 아니야. 자존심 때문에 그리고 어부이기 때문에 죽인 거야. 너는 고기가 살아 있을 때도 사랑했고 죽은 뒤에도 사랑했지. 네가 녀석을 사랑한다면 죽이는 것은 죄가 아니야. 아니, 더 큰 죄가 되는 걸까?'

"늙은이, 생각을 너무 많이 하는군."

일부러 소리 내어 말했음에도 노인은 여전히 생각을 거두지 못했다.

'그러나 넌 덴투소를 죽이는 건 즐겼잖아. 그 녀석도 너처럼 살아 있는 고기를 먹고 살잖아. 다른 상어들처럼 썩은 고기를 먹는 놈도 아니고 게걸스럽게 먹는 것만 밝히는 놈도 아니야. 그 녀석은 아름답고 고결하고 두려움이라곤 모르는 놈이라고.'

"내가 녀석을 죽인 건 정당방위였어. 그리고 나는 그 녀석을 솜씨 좋게 해치웠다고."

노인은 이번에도 일부러 소리 내어 말했다.

그러나 생각하기를 멈추지 못했다.

'게다가 세상의 모든 것은 다른 것을 죽이면서 살아가잖아. 고기 잡는 일은 나를 살려주지만 동시에 나를 죽이기도 해. 지금은 그 애가 나를 먹여 살리고 있어. 자기 자신을 너무 속이며 살아선 안 된다고.'

노인은 뱃전으로 몸을 굽혀 상어가 물어뜯은 고기의 살점을 조금 떼어냈다. 그것을 씹으면서 질과 맛을 음미했다. 그 고기는 육류처럼 살이 단단하고 육즙이 풍부했지만 색깔이 붉지는 않았다. 게다가 힘줄도 없어 시장에서 가장 비싼 값을 받을 수 있을 것이다. 하지만 냄새가 물속으로 퍼져 나가는 것을 막을 방법이 없었다. 노인은 몹시 힘겨운 시련이 다가오고 있음을 직감했다.

미풍이 꾸준히 불어왔다. 노인은 동북쪽으로 약간 방향을 바꾸긴 했지만 잦아들지 않으리라는 것을 알고 있었다. 앞을 내다보았지만 돛도 선체도 배에서 피어오르는 연기도 보이지 않았다. 이물 양쪽에서 날치가 뛰어올랐다가 이내 헤엄쳐가고 누런 해초만 떠 있을 뿐이다. 새 한 마리조차 보이지 않았다.

노인은 고물에 기댄 채로 휴식을 취하다가 기운을 내려고 이따금 청새치 조각을 뜯어 먹으면서 두 시간째 항해하고 있었다.

그때 배를 따라오는 상어 두 마리 중에서 첫 번째 놈이 모습을 드러냈다.

"아!"

노인의 입에서 새어나온 비명 같은 외침이었다. 그것은 도저히 다른 말로 옮길 수 없는 그런 소리였다. 못이 손바닥을 뚫고 널빤지에 박힐 때 무의식적으로 나올 법한 소리였다.

"갈라노다."

처음 나타난 지느러미 뒤쪽에서 또다른 지느러미가 솟아오르는 게 보였다. 삼각형의 갈색 지느러미와 흡사 물을 쓸어대는 듯한 꼬리질로 보아 흉상어가 분명했다. 놈들은 피 냄새를 맡고 잔뜩 흥분한 상태처럼 보였다. 배가 너무 고픈 나머지 멍청해졌는지 냄새를 놓쳤다가 찾고 찾았다가 다시 놓치고를 반복했다. 어쨌든 시시각각 가까이 다가오고 있었다.

노인은 재빨리 돛줄을 묶고 키의 손잡이도 움직이지 않도록 끼워놓았다. 그리고는 칼을 묶어놓은 노를 들어 올렸다. 손이 너무 아파서 될 수 있는 한 가볍게 들려고 노력했다. 노를 잡은 손의 통증을 풀어주려고 가볍게 폈다 오므렸다가 했다. 눈도 깜박거리지 않고 손을 꽉 움켜쥔 채 통증을 그대로 받아들이면서 상어가 다가오는 것을 지켜보았다. 이제 넓적하고 납작한 삽처럼 생긴 뾰족한 대가리가 보였고, 끝부분이 하얗고 넓적한 가슴지느러미도 보였다. 대단히 가증스러운 상어였다. 냄새도 고약하고 산 것이든 죽은 것이든 마구 해치우는 놈이다. 배가 고프면 심지어 노와 키까지도 물어뜯는다. 수면에 뜬 채로 잠든 바다거북의 다리를 잘라 먹는 것도 저놈들이다. 배가 고프면 생선의 피 냄새나 비린내를 풍기지 않아도 물속에서 사람까지 공격한다.

"아! 갈라노, 이놈아, 올 테면 와봐라."

노인이 흥분된 목소리로 말했다.

놈들이 다가왔다. 하지만 아까 본 마코상어와는 움직임이 달랐다. 한 놈이 몸을 돌리더니 배 밑으로 모습을 감추었는데 노인은 놈이 고기를 물어뜯을 때마다 배가 흔들리는 것을 느꼈다. 다른 한 놈은 가늘게 찢어진 누런 눈알로 노인을 쳐다보더니 반원 모양의 주둥이를 벌리고 쏜살같이 다가와 이미 물어뜯긴 자리를 공격했다. 갈색 머리통 그리고 골과 척추가 만나는 등의 선이 선명하게 드러났다. 노인은 노에 묶은 칼을 그 지점에 찌르고 뽑은 뒤 이번에는 고양이 눈알 같은 누런 눈알을 찔렀다. 상어는 고기에게서 떨어져 나가 죽으면서도 물어뜯은 살점을 삼켰다.

남은 놈이 배 밑에서 여전히 고기를 물어뜯고 있어 배가 흔들렸다. 노인이 돛줄을 풀어 배가 옆으로 돌자 아래서 상어가 모습을 드러냈다. 상어를 본 그는 뱃전으로 몸을 내밀어 공격했다. 하지만 껍질이 단단해서 그저 세게 내리친 정도였고 칼이 뚫고 들어가지는 못했다. 힘껏 찌르느라 손뿐 아니라 어깨까지 아팠다. 그런데 상어가 다시 대가리를 쳐들고 빠르게 물 위로 올라왔다. 노인은 상어가 코를 물 밖으로 내밀고 고기에게 달려드는 순간 납작한 대가리 가운데를 정확히 찔렀다. 그리고 칼을 뽑아서 그 부분을 다시 찔렀다. 그럼에도 상어는 고기에 주둥이를 처박은 상태로 매달려 있었다. 이번에는 힘껏 왼쪽 눈을 찔렀지만 그래도 떨어지지 않았다.

"이래도 안 떨어질 거냐?"

노인은 이렇게 말하고 골통과 척추 사이를 찔렀다. 이번에는 칼이 쉽게 들어갔고 상어의 연골이 쪼개지는 것이 느껴졌다. 그는 노를 거꾸로 잡고 주둥이 사이에 노깃을 집어넣어 벌렸다. 이때 노깃을 비틀자 상어가 힘없이 미끄러져 나갔다.

"그래, 갈라노야. 바닷속으로 가라앉아 네 친구들이나 만나거라. 어쩌면 네 어미인지도 모르지."

노인은 칼날을 닦고 노를 내려놓았다. 그리고 돛줄을 찾아

돛이 바람을 가득 받도록 했다. 배는 이제 제 항로대로 나아
갔다.

"놈들이 사 분의 일을 떼어갔군. 그것도 가장 맛있는 부위로
말이야."

고기를 살피던 노인은 한숨을 쉬며 중얼거렸다.

"이게 꿈이라면 좋을 텐데. 내가 이 고기를 잡지 않았다면 좋
았을 텐데. 미안하다, 고기야. 내가 널 잡아서 모든 게 엉망진
창이 됐구나."

노인은 거기서 말을 멈추었다. 더는 고기를 바라보고 싶지
않았다. 피가 빠져나가고 물에 씻긴 고기는 거울 뒷면처럼 은
빛을 띠었지만 줄무늬는 아직도 뚜렷했다.

"이렇게까지 멀리 나오는 게 아니었는데. 너를 위해서나 나를
위해서나 말이다. 미안하다, 고기야."

그는 계속 혼잣말을 하다가 몸을 서서히 움직였다.

'칼이 잘 묶여 있나, 끊어진 데가 없나 살펴봐야지. 상어가
더 올 테니 손도 미리 잘 풀어둬야겠어.'

노인은 노 끝부분에 묶인 줄을 살펴보다가 말했다.

"칼을 갈 숫돌이 있으면 좋을 텐데. 숫돌을 가져와야 했는데
말이야."

한숨이 절로 나왔다.

'가져왔으면 좋았을 만한 게 많구나. 하지만 가져오지 않았

잖아, 늙은이야. 지금은 있지도 않은 것들을 생각할 때가 아니라고. 있는 것으로 뭘 할 수 있는지 생각해야 해.'

그리고 고기를 향해 말했다.

"자네는 정말 좋은 충고를 많이 해주는군. 하지만 이젠 그것도 싫증이 났다고."

그는 배가 앞으로 나아가는 동안 키의 손잡이를 겨드랑이에 끼우고 바닷물에 손을 담갔다.

"마지막 놈이 얼마나 뜯어 먹었는지 모르지만 배가 한결 가벼워졌군."

노인은 이렇게 말하면서도 고기의 아랫배가 물어뜯긴 건 생각하고 싶지 않았다. 상어가 쿵 하고 쳤을 때마다 살점이 떨어져 나갔을 테니 지금 고기는 바다의 모든 상어를 불러들일 만한 고속도로를 닦아놓았을 것이다.

그는 현재 상황이 너무 안타까웠다.

'이 고기 한 마리면 사람 한 명이 겨우내 먹고도 남을 텐데. 아니야, 그런 생각일랑 그만둬야지. 그냥 휴식을 취하면서 남은 고기를 지킬 수 있도록 두 손을 풀어두라고. 지금 바다에는 피 냄새가 진동하니까 내 손에서 나는 피 냄새쯤은 아무것도 아닐 거야. 손에서 흐르는 피는 얼마 되지도 않는걸. 심각한 상처도 없고. 어쩌면 피를 흘려 왼손에 쥐가 나지 않는 건지도 몰라.'

노인은 지금부터 뭘 해야 할지 생각이 떠오르지 않았다.

'아무 생각도 하지 말고 다음에 올 놈들을 기다려야겠다. 이게 꿈이라면 얼마나 좋을까. 하지만 누가 알겠어? 결국에는 모든 일이 좋게 끝날지도 모르잖아.'

다음에 나타난 상어는 삽코상어 한 마리였다. 놈은 사람 머리라도 삼킬 만한 큰 주둥이를 있는 대로 벌리고 마치 돼지가 먹이통에 달려들 듯 무섭게 다가왔다.

노인은 상어가 고기에게 달려들도록 내버려두었다가 노에 달린 칼로 골통을 내리찍었다. 하지만 상어가 뒤로 홱 젖히는 바람에 칼날이 부러지고 말았다.

노인은 몸을 가누며 키를 잡았다. 그는 거대한 상어가 물속으로 가라앉는 모습을 쳐다보지도 않았다. 커다란 상어의 모습이 길게 드러났다가 서서히 조그맣게 변하면서 천천히 사라지는 광경은 언제나 그를 매료시키곤 했지만 지금은 별로 내키지 않았다.

"아직 갈고리가 남아 있어. 하지만 별로 소용이 없을 거야. 그래도 노 두 개에 키 손잡이, 짧은 몽둥이가 남았잖아."

그는 자신을 위로하듯 말했다.

시간이 좀 지나자 노인은 좀 더 나은 방향으로 생각하기 시작했다.

'난 상어들한테 지고 말았구나. 이제 너무 늙어서 몽둥이로 상어를 때려죽일 만한 힘이 없어. 하지만 나한테 노와 짤막한 몽둥이, 키 손잡이가 있는 한 끝까지 싸울 거야.'

노인은 다시 두 손을 바닷물에 담갔다. 날이 저물어가고 있는데, 보이는 것이라곤 바다와 하늘뿐이었다. 바람은 아까보다 세졌다. 그는 어서 육지가 나타나기를 바랐다.

"넌 지친 거야, 늙은이. 완전히 지치고 말았어."

그는 힘없이 말했다.

상어들이 다시 공격해온 것은 해가 저물기 직전이었다.

노인은 고기가 물속에 만들어놓은 넓적한 길을 따라 다가오는 갈색 지느러미를 보았다. 놈들은 냄새를 찾아 우왕좌왕하지도 않았다. 배를 향해 곧장 헤엄쳐왔다.

노인은 키의 손잡이를 고정시키고 돛줄을 묶은 다음 고물 아래서 몽둥이를 꺼냈다. 그것은 부러진 노를 약 75센티미터 길이로 자른 노의 손잡이였다. 손잡이가 달려 있어 한 손으로 다루는 게 편했다. 그는 오른손으로 몽둥이를 꽉 잡고 손을 가볍게 풀면서 상어들이 다가오는 모습을 지켜보았다. 둘 다 갈라노였다.

그는 놈들을 보며 생각했다.

'첫 번째 놈이 고기를 물 때까지 기다렸다가 콧등이나 대가리 위를 내리쳐야겠다.'

상어 두 마리는 가까이 붙어 다가왔다.

노인은 가까이 있는 상어가 아가리를 벌리고 고기의 은빛 옆구리에 달려들자 몽둥이를 높이 들었다가 널찍한 머리통에 힘껏 내리쳤다. 몽둥이가 닿는 순간 고무처럼 단단함이 느껴졌다. 하지만 뼈의 딱딱한 감촉도 느껴졌다. 상어가 고기한테서 미끄러져 내려가는 순간 콧등을 다시 한 번 힘차게 후려갈겼다.

다른 놈은 가까이 왔다 물러났다 하더니 주둥이를 크게 벌리고 다시 가까이로 다가왔다. 노인은 그놈이 고기에게 달려들어 주둥이를 다물 때 주둥이 옆으로 하얀 살점이 떨어지는 모습을 보았다. 그는 다시 머리통을 몽둥이로 내리쳤다. 그러자 놈은 노인을 쳐다보더니 다시 살점을 물어뜯었다. 상어가 고기를 삼키려고 미끄러져 물러날 때 다시 한 번 몽둥이를 휘둘렀지만 단단한 고무 같은 촉감만 느껴질 뿐이었다.

"덤벼라, 갈라노 놈아. 어서 덤벼."

노인이 흥분된 목소리로 말했다.

상어가 잽싸게 달려들어 주둥이를 다무는 순간 노인은 다시 몽둥이를 휘둘렀다. 힘껏 위로 치켜들었다가 재빨리 내리쳤다. 이번에는 골통 아래쪽 뼈에 맞았다. 상어가 천천히 살점을 물어뜯은 뒤 물러나려고 할 때 또 같은 곳을 후려갈겼다.

노인은 상어가 다시 덤벼드는지 살폈지만 두 놈 모두 나타나지 않았다. 그러다 한 놈이 수면 위를 빙빙 돌며 헤엄치는 것이 보였다. 다른 놈은 지느러미도 보이지 않았다.

노인은 눈을 크게 뜨고 지켜보았다.

'저놈들을 죽이는 것까지 바랄 수는 없겠지. 물론 젊은 시절 같았으면 가능했을 테지만. 어쨌든 둘 다 심한 상처를 입었으니 상태가 좋지 않을 거야. 두 손으로 몽둥이를 휘두를 수 있었다면 첫 번째 놈은 확실히 죽었을 텐데. 늙은이가 된 지금이라도 말이야.'

그는 고기를 바라보고 싶지 않았다. 절반 정도가 사라졌으리라는 것을 이미 알고 있었기 때문이다. 상어들과 싸우는 동안 어느덧 해가 저물었다.

"곧 어두워지겠구나. 그럼 아바나의 불빛이 보이겠지. 너무 동쪽으로 나왔다면 다른 해안의 불빛이라도 보일 거야."

노인은 너무 지친 나머지 읊조리듯 말했다.

그때 문득 사람들 생각이 났다.

'이 정도면 너무 멀리 떨어져 있는 게 아닐 거야. 사람들이 나 때문에 걱정하고 있지 않았으면 좋겠는데. 물론 그 애만은 내 걱정을 하고 있을 거야. 하지만 그 애는 확실히 나를 믿고 있겠지. 늙은 어부들도 내 걱정을 많이 하고 있을 거야. 다른 사람들도 그렇고. 나는 정이 많은 마을에서 살고 있으니까.'

고기의 모습이 너무 처참해 더는 말을 걸 수도 없었다. 그때 갑자기 머릿속에 생각이 떠올라 고기에게 말을 걸었다.

"반어야, 너는 분명 고기였는데 이젠 그렇게 부를 수가 없구나. 내가 너무 멀리 나와서 미안하구나. 내가 우리 둘을 망쳤어. 하지만 우리는 상어를 여럿 죽이고 혼쭐도 내주지 않았니. 너하고 나하고 말이다. 고기야, 넌 그동안 몇 마리나 죽였니? 네 대가리에 달린 뾰족한 주둥이는 괜히 달려 있는 게 아니겠지."

고기가 자유롭게 헤엄칠 수 있다면 상어들과 과연 어떻게 싸울지 머릿속으로 그려보았다. 노인은 흐뭇해졌다.

'상어들과 싸우게 주둥이에 맨 밧줄이라도 잘라줄걸.'

하지만 지금은 그것을 잘라낼 도끼도 칼도 없었다.

'만약 그것들이 있어 노의 손잡이에 묶어놓았다면 굉장한 무기가 됐을 거야. 그러면 우리는 함께 싸울 수 있을 텐데. 한밤중에 상어들이 또 오면 어떡하지? 너는 뭘 할 수 있을까?'

"싸워야지. 죽을 때까지 싸울 거야."

노인은 힘을 내려는 듯 큰 소리로 말했다.

이제 날은 캄캄해졌고 불빛이라고는 찾아볼 수 없는 데다 바람만이 계속 돛을 팽팽하게 당길 뿐이었다. 노인은 자신이 죽은 게 아닌가 싶었다. 그래서 두 손을 맞대고 손바닥의 체온을 느껴보았다. 손은 죽어 있지 않았다. 그는 손을 폈다 오므렸다 하면서 살아 있다는 고통을 느꼈다. 고물에 등을 기대고 나서야 자신이 죽지 않았다는 것을 실감했다. 어깨가 그렇다고 말해주고 있었다.

그때 문득 생각 하나가 떠올랐다.

'고기를 잡으면 기도를 하겠다고 약속했는데. 하지만 지금은 너무 지쳐서 할 수가 없군. 부대를 가져와서 어깨를 덮는 게 좋겠어.'

노인은 고물에 누워 키를 잡은 채 하늘에 불빛이 나타나기를 기다렸다. 이제 고기는 절반만 남았다.

그의 머릿속은 복잡하기만 했다.

'운이 좋으면 앞쪽 절반만이라도 가져갈 수 있을 텐데. 아니, 아니야! 너무 멀리 나갔을 때 너한테서 이미 운이 달아난 거라고.'

"어리석은 생각일랑 집어치우자고. 잠들지 말고 키나 잡아. 아직 운이 남았는지도 모르잖아."

노인은 나쁜 쪽으로 흐르는 생각을 털어내려는 듯 소리 내어 말했다.

"행운을 파는 곳이 있다면 좀 사고 싶군."

그는 자신에게 물었다.

'하지만 뭘로 사지? 잃어버린 작살과 부러진 칼과 상처 입은 두 손으로 살 수 있을까?'

"살 수 있을지도 모르지. 넌 바다에서 보낸 여든하고도 나흘이라는 시간으로 행운을 사려고 했어. 그리고 거의 살 수 있을 뻔했다고."

그는 이렇게 말하며 더 이상 쓸데없는 생각을 하지 말아야겠다고 마음먹었다.

'행운의 여신이 어떤 모습으로 찾아올지 누가 안단 말인가. 하지만 어떤 식으로든 행운을 얻고 싶어. 값을 치르고라도 말이야. 어서 환한 불빛이 보였으면 좋겠는데.'

할 일이 없자 노인은 다시 생각에 잠겼다.

'나는 너무 많은 걸 바라고 있어. 하지만 지금 바라는 건 그것뿐이야.'

그는 좀 더 편안한 자세로 앉아 키를 잡았고, 등의 통증으로 자신이 살아 있음을 느꼈다.

밤 열 시쯤이라고 생각될 무렵 도시에서 반사된 불빛이 보였다. 처음에는 달이 뜨기 전의 하늘처럼 겨우 알아볼 수 있을 정도였다. 그러다 한층 거세진 바람이 불어오자 바다 너머로 불빛이 흔들리지 않고 뚜렷하게 보였다. 그는 머지않아 멕시코 만의 가장자리에 닿게 되리라는 희망을 갖고 불빛이 비치는 쪽으로 배를 돌렸다.

그리고 안도의 한숨을 내쉬며 생각했다.

'이젠 다 끝났구나.'

그러다가 정신이 번쩍 들었다.

'상어들이 또 공격해올 거야. 하지만 어둠 속에서 무기도 없이 어떻게 상대하지?'

이제 몸이 뻣뻣해지면서 여기저기 쑤셨고, 밤의 차가운 공기 때문인지 상처 난 곳과 근육이 혹사당한 곳에서 통증이 시작됐다.

'다시 싸울 일이 없으면 좋으련만. 제발 다시 싸우지 않았으면 좋겠는데 말이야.'

그러나 자정 무렵 노인은 또다시 싸워야 했다. 이번에는 아무 소용없는 싸움이라는 것을 알았다. 상어가 떼를 지어 몰려왔던 것이다. 상어의 지느러미가 수면에 만들어내는 선과 고기에게 덤벼들 때의 인광만 보였다. 노인은 몽둥이로 상어의 머리통을 내리쳤다. 주둥이가 빠개지는 소리가 들렸고 상어가 배 밑으로 들어가 배가 흔들거리는 것이 느껴졌다. 그는 느낌과 소리에만 의지한 채 필사적으로 몽둥이를 휘둘렀는데 뭔가가 몽둥이를 잡는 것이 느껴지더니 이내 그것마저 빼앗기고 말았다.

노인은 키에서 손잡이를 빼내어 두 손으로 움켜잡고 정신없이 상어들을 때리고 내리쳤다. 하지만 상어들은 이제 고물 쪽으로 몰려가 한 놈씩, 또는 다 같이 고기를 물어뜯어 갔다. 놈들이 다시 돌아와 덤벼들 때 물속에서 고기의 살점이 밝게 빛나는 모습이 보였다.

마지막으로 한 놈이 고기의 머리를 향해 달려들었고, 노인은 모든 게 끝임을 알았다. 노인은 잘 뜯기지 않는 무거운 고기 대

가리를 물고 있는 상어의 주둥이를 향해 키 손잡이를 휘둘렀
다. 한 번, 두 번 계속해서 내리쳤다. 그러다가 손잡이가 부러
지는 소리가 들렸다. 그는 부러진 끝부분으로 상어를 힘껏 찔
렀다. 그것이 상어의 살을 뚫고 들어갈 만큼 날카롭다는 것을
알게 되자 더욱 힘을 주어 깊숙이 찔렀다. 마침내 놈은 물고 있
던 고기를 놓고 떨어져 나갔다. 상어 떼 가운데 마지막 놈이었
다. 뜯어 먹을 고기가 더 이상 남아 있지 않았던 것이다.

노인은 숨쉬기가 힘들 정도로 지쳐버렸고, 입안에서 이상한
맛이 느껴졌다. 구리처럼 들큼한 맛이어서 잠깐이지만 걱정이
되었다. 하지만 심한 것은 아니었다.

노인은 바다에 침을 뱉으며 말했다.

"이거나 먹어라, 갈라노야. 그리고 사람 죽이는 꿈이나 실컷
꿔라."

노인은 어떻게 손 써볼 수 없을 만큼 기진맥진해져 고물 쪽
으로 돌아갔다. 들쭉날쭉하게 부러진 키 손잡이의 끝부분이
키 구멍에 그런대로 잘 들어가서 배를 몰고 갈 수 있었다. 어깨
에 부대를 두르고 배의 방향을 잡자 배는 가볍게 앞으로 나아
갔다. 하지만 노인은 아무런 생각도 느낌도 없었다. 이제 모든
일이 끝났다. 그는 항구에 무사히 돌아갈 수 있도록 솜씨 좋게
배를 몰았다.

밤중에도 상어들이 식탁에 남은 부스러기를 주워 먹듯이 고

기의 잔해에 덤벼들었다. 하지만 노인은 상어 떼에 신경 쓰지 않고 키를 잡는 데만 집중했다. 옆에 무거운 짐을 달지 않은 덕분에 배가 가볍고 순조롭게 나아간다는 사실만 알아차렸을 뿐이다.

'배는 괜찮아.'

그의 생각처럼 배는 멀쩡했고 키 손잡이 외에는 상한 부분이 없었다.

'키 손잡이는 쉽게 교체할 수 있으니까.'

노인은 이제 조류의 안쪽으로 들어왔음을 느낄 수 있었다. 해안선을 따라 들어선 마을의 불빛이 보였다. 이제 어디쯤 와 있는지 알았으니 집으로 돌아갈 일만 남았다.

그는 안도의 숨을 내쉬며 생각했다.

'어쨌든 바람은 우리 친구야. 항상 그런 건 아니지만. 바다에는 우리의 친구도 있고 적도 있어. 그리고 침대는 말이지?'

순간 노인의 얼굴에는 편안한 미소가 떠올랐다.

'침대는 내 친구야. 침대는 그 자체만으로 훌륭한 물건이야. 녹초가 되었을 때 편히 쉬도록 해주니까. 침대가 얼마나 편안한지 미처 몰랐어. 그런데 무엇 때문에 이렇게 지쳤을까.'

"아무것도 아니야. 그저 너무 멀리 나갔을 뿐이야."

그는 소리치듯 말했다.

노인이 작은 항구로 들어갔을 때 테라스의 불빛이 꺼져 있어

다들 잠자리에 들었음을 알 수 있었다. 꾸준히 불던 미풍이 거세지고 있었다. 하지만 항구 안은 조용했다. 그는 바위 아래 작은 자갈밭에 배를 댔다. 도와줄 사람이 없었다. 그래서 노인은 혼자 가능한 데까지 배를 끌어올렸다. 그런 다음 내려 배를 바위에 단단히 묶었다.

노인은 돛대를 내리고 돛을 감아서 묶었다. 그리고 돛대를 어깨에 메고 길을 올라가기 시작했다. 그제야 자기가 얼마나 피곤한 상태인지 깨달았다. 잠시 걸음을 멈추고 뒤돌아보니, 가로등 불빛에 고기의 거대한 꼬리가 배의 고물 뒤쪽에 꼿꼿하게 서 있는 모습이 보였다. 하얗게 드러낸 등뼈의 선과 주둥이가 튀어나온 시커먼 대가리, 그 사이에 드러난 앙상한 뼈가 보였다.

노인은 다시 길을 올라가기 시작했다. 꼭대기에 이르렀을 때 넘어져 돛대를 어깨에 멘 채 한동안 누워 있었다. 일어나려고 무진 애를 썼지만 너무 힘들었다. 돛대를 멘 채 그대로 앉아 길 쪽을 바라보았다. 길 저쪽으로 고양이 한 마리가 제 볼일을 보려고 지나갔다. 노인은 잠시 고양이를 바라보았다. 그런 다음 가만히 길 쪽을 바라보았다.

마침내 노인은 돛대를 내려놓고 자리에서 일어났다. 그리고 다시 돛대를 집어 어깨에 멘 채 걸어가기 시작했다. 판잣집에 도착할 때까지 다섯 번이나 앉아 쉬어야 했다.

판잣집으로 들어간 노인은 벽에 돛대를 세워놓았다. 어둠 속에서 물병을 찾아 물을 한 모금 마셨다. 그러고는 침대에 누웠다. 담요를 어깨와 등과 다리까지 덮은 뒤 두 팔을 쭉 뻗고 손바닥을 위로 펼친 채 신문지에 얼굴을 파묻고 잠들었다.

다음 날 아침 소년이 판잣집 문을 열고 들여다보았을 때 노인은 잠을 자고 있었다. 바람이 심해져 유망어선(조류를 따라 그물을 흘려보내 물고기가 그물에 걸리도록 하는 방식으로 어업을 하는 배—옮긴이)이 바다로 나갈 수 없자 소년은 늦잠을 자고 일어나 매일 아침 그랬듯이 노인의 판잣집에 온 것이다. 소년은 노인이 숨 쉬는 것을 확인하고는 그의 두 손을 보더니 울기 시작했다. 그리고 커피를 가져오려고 조용히 밖으로 나갔다. 길을 내려가면서도 소년은 계속 울고 있었다.

어부들이 노인의 조각배 주위에 모여 배 옆에 묶인 것을 구경하고 있었다. 한 사람은 바지를 걷고 물속으로 들어가 낚싯줄로 뼈의 골격을 쟀다.

소년은 그곳까지 내려가지 않았다. 벌써 가봤기 때문이다. 한 어부가 소년을 대신해 조각배를 살펴보고 있었다.

"노인은 좀 어떠시냐?"

다른 어부가 소리쳤다.

"주무시는 중이에요."

소년도 큰 소리로 대답했다. 소년은 자신의 우는 모습을 사람들이 보든지 말든지 상관하지 않았다.

"계속 주무시게 하는 게 좋겠어요."

"코에서 꼬리까지 약 5.5미터야."

고기의 길이를 재던 어부가 소리쳤다.

"그 정도 될 거예요."

소년은 심드렁하게 대답한 뒤 테라스로 내려가 커피 한 잔을 부탁했다.

"뜨겁게 해주세요. 우유랑 설탕을 듬뿍 넣고요."

"다른 건 필요 없니?"

"지금은 커피면 돼요. 나중에 할아버지가 뭘 드실 수 있는지 알아볼게요."

"정말 대단한 고기야. 지금까지 저런 고기는 없었지. 어제 네가 잡은 두 마리도 훌륭했고."

테라스 주인이 말했다.

"제가 잡은 고기는 아무것도 아닌걸요."

소년은 또다시 울기 시작했다.

"너도 뭐 좀 마실래?"

주인이 걱정스러운 표정으로 물었다.

"아뇨. 사람들한테 산티아고 할아버지를 귀찮게 하지 말라고 전해주세요. 이따 다시 올게요."

소년이 낮은 목소리로 대답했다.

"내가 걱정한다고 전해라."

"고맙습니다."

소년은 고개를 숙여 인사했다.

뜨거운 커피가 든 깡통을 들고 소년은 판잣집으로 돌아와 노인이 깨어날 때까지 곁에 앉아 있었다. 노인은 한 번 잠에서 깬 듯 보이더니 다시 깊은 잠에 빠졌다. 소년은 커피를 데울 나무를 얻으러 길 건너편으로 갔다.

마침내 노인이 깨어났다.

"일어나지 마세요. 이것 좀 드세요."

소년이 유리잔에 커피를 조금 따랐다.

노인은 그것을 받아 마셨다.

"그놈들이 나를 이겼단다, 마놀린. 나는 완전히 패배했어."

이렇게 말한 뒤 노인은 길게 한숨을 쉬었다.

"하지만 그놈은 할아버지를 이기지 못했어요. 그 고기요."

"그렇지. 정말 그래. 내가 진 건 그 후였어."

"페드리코가 배와 어구를 점검하고 있어요. 고기 대가리는 어떻게 할까요?"

"페드리코한테 잘라서 고기 덫으로 쓰라고 해라."

"창 같은 긴 주둥이는요?"

"갖고 싶거든 네가 가지렴."

"갖고 싶어요. 이제 우리는 다른 계획을 세워야 해요."

소년이 눈을 반짝이며 말했다.

"사람들이 나를 찾았더냐?"

"그럼요. 해안 경비대랑 비행기까지 동원됐는걸요."

"바다는 크고 조각배는 작으니까 찾기가 힘들었을 테지."

노인이 고개를 끄덕이며 말했다. 그는 자기 자신과 바다한테 말하는 것이 아니라 누군가 말상대가 있다는 사실이 정말 즐거운 일임을 다시금 깨달았다.

"네가 보고 싶었단다. 넌 뭘 잡았니?"

"첫날에 한 마리 잡았고, 둘째 날에도 한 마리, 셋째 날에는 두 마리 잡았어요."

"아주 잘했구나."

"이제는 같이 고기를 잡으러 나가요."

"안 돼. 내겐 운이 없어. 내 운은 다했거든."

"운 얘기는 그만하세요. 운은 제가 가져갈게요."

소년은 단호하게 말했다.

"너희 가족들이 뭐라고 하지 않겠니?"

"상관없어요. 어제도 두 마리나 잡았는걸요. 하지만 전 아직도 배울 게 많으니까 이제부터 할아버지랑 고기잡이를 나갈 거예요."

"잘 드는 도살용 칼을 준비해서 항상 배에 두어야겠다. 낡은 포드 자동차의 용수철 조각으로 칼날을 만들 수 있을 거야. 과

나바코아(쿠바에 있는 도시 이름—옮긴이)에 가서 갈아오면 되겠지. 불에 달구지 않아서 부러지긴 하겠지만 날카로울 게다. 내 칼은 부러졌어."

"제가 칼도 새로 하나 구하고 용수철도 갈아올게요. 이번 브리사 강풍은 며칠이나 갈까요?"

"아마 사흘 정도. 더 오래갈 수도 있고."

"필요한 건 제가 전부 준비해놓을게요. 할아버지는 손이나 빨리 나으세요."

소년은 노인의 손을 보며 말했다.

"이걸 치료하는 방법은 잘 알고 있단다. 그런데 지난밤에 내가 이상한 것을 뱉었는데 가슴 속에서 뭔가 깨진 것 같았어."

"그것도 빨리 나으셔야지요. 자, 어서 누우세요, 할아버지. 깨끗한 셔츠를 갖다드릴게요. 뭐 드실 것도 좀 가져오고요."

소년은 노인이 누울 자리를 봐주며 말했다.

"내가 없는 동안 온 신문이 있으면 가져다주려무나."

노인은 침대에 몸을 누이며 말했다.

"얼른 나으셔야 해요. 전 할아버지한테 배울 게 아직 많으니까요. 저한테 전부 가르쳐주셔야 해요. 그런데 얼마나 고생하신 거예요?"

"많이 했지."

노인은 짧게 대답했다.

"드실 음식과 신문을 가져올게요. 일단은 푹 쉬고 계세요. 약
방에 가서 손에 바를 약도 사올게요."

소년이 말했다.

"페드리코한테 고기 대가리 주는 것도 잊지 말고."

"네, 잊어버리지 않을게요."

문 밖으로 나간 소년은 닳은 산호초 길을 내려가면서 또다
시 울었다.

그날 오후 한 무리의 관광객이 테라스를 찾았다. 빈 맥주 캔
과 죽은 꼬치고기가 떠 있는 바다를 내려다보고 있던 여자의
눈에 거대한 꼬리가 달린 엄청나게 길고 흰 뼈대가 들어왔다.
그 등뼈는 거센 파도에 떠올랐다가 가라앉았다를 반복했다.

"저게 뭐예요?"

여자가 웨이터에게 물었다. 그녀의 손끝은 이제 조류에 쓸려
나가기만을 기다리는 쓰레기에 지나지 않는 커다란 고기의 등
뼈를 가리키고 있었다.

"티뷰론(스페인어로 '상어'를 뜻함—옮긴이)입니다. 상어예요."

웨이터가 대답했다.

웨이터는 서툰 영어로 어떻게 된 일인지 설명하려고 애썼다.

"상어가 저렇게 멋있고 아름다운 꼬리를 가지고 있는 줄 몰
랐어요."

"나도 몰랐네."

여자의 일행인 남자가 끼어들며 말했다.

길 위에 있는 판잣집에서 노인은 또다시 깊은 잠에 빠졌다. 그는 여전히 얼굴을 파묻은 채 자고 있었으며, 소년이 옆에 앉아 그 모습을 지켜보고 있었다. 노인은 사자 꿈을 꾸고 있었다.

옮긴이 정지현

출판번역에이전시 베네트랜스 전속 번역가로 활동하고 있다. 현재 미국에 거주하면서 책을 번역한다. 옮긴 책으로는 《인간관계를 발명한 남자》《피터팬》《행복은 어디에서 오는가》 《지금은 내게 귀 기울일 때》《행복이란 무엇인가》《인생학교—일》《호두까기 인형》《비밀의 화원》《오페라의 유령》 등이 있다.

노인과 바다

1판 1쇄 발행 2015년 2월 28일

지은이 어니스트 헤밍웨이
옮긴이 정지현
발행인 오영진 김진갑
발행처 (주)심야책방

출판등록 2013년 1월 25일 제2013-000028호
주소 서울시 마포구 월드컵북로5가길 12 서교빌딩 2층
전화 02-332-3310 **팩스** 02-332-7741

종이 월드페이퍼(주)
인쇄·제본 현문자현(주)

값 8,900원
ISBN 979-11-95377-38-1 04840
        979-11-95377-30-5 (set)